ÊTRE OU NE PAS ÊTRE... GEEK GIRL

Ce titre a été publié pour la première fois en 2015, en anglais, par HarperCollins Children's Books,
une division de HarperCollins Publishers, sous le titre *Geek Girl : Geek Drama*.

Loi n° 49956 du 16 juillet 1949 sur les publications destinées à la jeunesse,
modifiée par la loi n° 2011-525 du 17 mai 2011.
ISBN : 978-2-09-255961-1
Dépôt légal : juillet 2015

Holly Smale

ÊTRE OU NE PAS ÊTRE

GEEK GIRL

Traduit de l'anglais par Valérie Le Plouhinec

Nathan

GEEK [gik] n.m. et n.f., ***fam.***

1. Personne réfractaire à la mode et peu douée pour les relations sociales.

2. Obsessionnel enthousiaste.

3. Personne passionnée d'informatique (Internet, jeux vidéo…) et de nouveautés techniques.

4. Individu qui éprouve le besoin de chercher le mot « geek » dans le dictionnaire.

Étym. : de l'anglais dialectal *geck*, « idiot ».

1

Je m'appelle Harriet Manners, et je suis une andouille. Je sais que je suis une andouille parce que :

1. Une moitié de ma personne se trouve dans un placard, et l'autre non.

2. Je ne peux pas bouger de plus de deux centimètres dans un sens ni dans l'autre.

3. Mes pieds ne touchent pas le sol.

4. L'étagère sur laquelle je me suis appuyée pour grimper jusqu'à ce soupirail s'est effondrée il y a au moins quarante minutes.

5. Je répète en boucle : « À l'aide, à l'aide, je suis coincée ! », alors que personne ne peut m'entendre.

Il est clair que mon sens de la représentation spatiale est

aussi nul que l'a dit ma prof de danse après le spectacle de l'an dernier, où j'ai balancé mon pied dans la figure de quelqu'un au cours d'un french cancan plein d'ardeur mais médiocrement exécuté.

Je ne passe pas par ce soupirail.

Mais alors, pas du tout.

Pour tout dire, le seul fait que j'aie pu envisager de sortir par là est déjà inquiétant en soi. Des études récentes révèlent que la poule domestique jouit de compétences sensorielles extrêmement fines et que ses capacités à réfléchir, déduire des conséquences, appliquer un raisonnement logique et anticiper des actions sont supérieures à celles d'un jeune enfant. Donc, étant donné que je suis fermement bloquée depuis quarante minutes dans le soupirail d'un placard à balais chez Infinity Models, je ne peux m'empêcher de penser que quelque chose, quelque part, a très, très mal tourné.

Quand on est une jeune fille de quinze ans et qu'on a moins de bon sens qu'une volaille de basse-cour, il y a de quoi s'inquiéter pour son QI.

2

Bref, puisqu'il semble que je sois immobilisée pour un moment, autant vous raconter comment j'en suis arrivée là, pas vrai ?

C'est ça qui vous intéresse. Comment une personne riche de plus de 6 000 jours d'expérience de vie et d'un QI de 135 se retrouve coincée dans un passage étroit, tel Winnie l'ourson après une dégustation de miel particulièrement enthousiaste. Et franchement, je ne peux pas vous en vouloir. Moi-même, j'en suis encore plus ou moins à essayer de comprendre.

Pas plus tard qu'il y a une heure, j'étais exactement là où je devais être : en train d'attendre tranquillement dans le hall de l'agence Infinity Models. « Bonjour, ai-je dit en m'approchant du comptoir de l'accueil, tout en tirant sur les manches trop longues de mon pull rayé. Je suis

Harriet Manners. Enchantée. Je viens pour un casting.»

Il y a eu un silence.

«Pour le magazine *Brink.*»

Encore un silence.

«Je suis… euh… mannequin.» Je me suis raclé la gorge. «Mannequin photo.» (Au cas où la fille ait pu me confondre avec un mannequin de vitrine en plastique, par exemple.)

Alors, j'ai tendu la main. Je ne suis dans la mode que depuis trois mois, et la dernière fois que j'ai fait ça, la réceptionniste m'a prise pour la nouvelle stagiaire. J'avais déjà préparé douze cafés, six thés, et j'avais bien entamé le lessivage du sol du local de la photocopieuse lorsque quelqu'un a mis fin au quiproquo.

Cette fois-ci, elle n'a même pas levé les yeux. «Allez vous asseoir», m'a-t-elle dit avec un geste vague.

J'ai bien vu, grâce à un reflet dans la vitre, qu'elle était connectée à un réseau social. «Ooooh, ai-je soufflé avec enthousiasme en me penchant vers son écran. Savez-vous que ce site contient à lui seul 140 milliards de photos, soit 4 % des photos qui sont prises dans le monde?»

Elle a relevé la tête pour me foudroyer du regard. «Pardon?

– Et vous avez mal écrit "déprimant", ai-je continué, pleine de bonne volonté, en indiquant son statut. "Ce job est trop déprimmant." Ça ne prend qu'un M. Vous en avez mis deux.»

Elle a vivement fermé l'application et m'a dévisagée d'un air furibond.

«Bon, je crois que je vais aller m'asseoir, ai-je balbutié en rougissant tandis qu'elle me faisait toujours les gros yeux. Je suis juste là, si vous avez encore besoin d'aide.»

J'avais peut-être eu tort, tout compte fait, de persuader papa de me laisser aller seule à ce casting. Apparemment, il m'aurait fallu une protection armée.

Je me suis assise entre une belle brune bronzée aux cheveux dégradés et une blonde au teint incroyablement diaphane et aux sourcils noirs. Puis j'ai serré mes mains très fort entre elles pour dissimuler leur moiteur.

Jusqu'à présent, ma courte carrière dans la mode ne m'a pas appris grand-chose, mais j'en ai quand même tiré un enseignement : il faut toujours faire comme si on était à sa place, faute de quoi quelqu'un se rendra compte sur-le-champ que vous n'y êtes pas et vous jettera dehors. J'ai donc plaqué sur mes traits mon plus beau sourire. «Bonjour ! Je m'appelle Harriet Manners. Vous êtes là pour *Brink*, vous aussi ?

– M-mm.» La blonde m'a toisée de la tête aux pieds. «Mais qu'est-ce que tu as sur le dos ?»

J'ai baissé les yeux, perplexe. Voulait-elle réellement une

réponse littérale ? « Un pull rayé, ai-je répondu avec anxiété. Et un legging rayé aussi. » Une pause. « Et, bien sûr, des sous-vêtement et une paire de chaussettes. Et des tennis vertes.

– M-mm », a-t-elle fait de nouveau.

Vite, Harriet, change de sujet.

« C'est toi, ça ? » ai-je demandé en désignant le classeur ouvert sur les genoux de la brune. On voyait une photo sublime en noir et blanc d'une très belle fille en bikini, un chat énorme posé sur les épaules.

Elle a très légèrement relevé le menton. « Évidemment que c'est moi, qui veux-tu que ce soit ?

– Les chats sont passionnants, tu ne trouves pas ? Leur cerveau est aussi gros que celui d'un grand requin blanc, et leurs mâchoires aussi fortes que celles d'un dragon de Komodo. »

Eh oui. Le genre de dynamite conversationnelle qui explique que peu de gens aient envie de déjeuner avec moi à la cantine.

La brune m'a regardée, et j'ai été sauvée d'un troisième « M-mm » par le gong, ou plutôt par une porte qui s'ouvrait brusquement. « Bébé-Bébé-Koala ! » s'est écrié mon agent, Wilbur, en écartant les bras. Dans son poncho rose scintillant, il ressemblait à une sorte de chauve-souris disco. « Viens me faire un gros câlin ! Non, pas en vrai, bien sûr. C'est du Versace, ça froisserait mes paillettes.

– Bonjour, Wilbur, ai-je bredouillé tandis qu'il me tirait de mon siège pour me faire tournoyer avec lui, comme si nous nous trouvions à un bal country kitsch.

– Roudoudou, comme ça me fait plaisir que tu sois venue ! Le photographe bouillonne d'envie de te voir. »

J'ai rougi, étonnée. « C'est vrai ?

– *Vraizissimo*, m'a-t-il confirmé en me tenant à bout de bras. Tu sais, ils adorent travailler avec une bonne petite grenouille rouquine de temps en temps. Oh, et, nom d'une poulette-licornette, qu'est-ce que tu as sur le dos ? »

J'ai fait la grimace. « La première chose que j'ai trouvée dans mon placard, désolée.

– Un coup de génie ! Je m'étais toujours demandé à quoi pourrait ressembler un zèbre humain ; maintenant, je le sais ! » Il m'a envoyé une bise en l'air. « On sera prêts à te recevoir dans quatre minutes, Lapinou-Muffin. Franchement, les autres peuvent rentrer chez elles tout de suite. *Brink* te veut absolument, mon petit Jus-de-Pêche. Le job est à toi, pour ainsi dire. »

Là-dessus, mon agent a déployé ses étincelantes ailes roses et a disparu avec autant de panache qu'il était arrivé. Lentement, je me suis retournée vers les deux filles assises derrière moi.

J'ai lu quelque part que les fourmis peuvent survivre

dans un four micro-ondes, non pas parce que la fourmi cro-onde, ha ha, mais parce qu'elle est suffisamment minuscule pour esquiver les rayons mortels. À en juger par l'expression de ces mannequins à ce moment-là, mon seul choix était le suivant : soit me transformer en fourmi, soit tourner lentement en rond jusqu'à l'explosion fatale.

« Hum, ai-je fait nerveusement sous leur regard de plus en plus noir. Vous connaissez Wilbur ?

– Crois-le ou non, c'est notre agent à nous aussi, a lâché la blonde, les dents serrées.

– Ah. Bien sûr. » J'ai toussoté et lancé un regard éperdu à la réceptionniste. « Est-ce que… euh… vous pourriez m'indiquer les toilettes ?

– Au fond du couloir, m'a répondu la fille avec un vague mouvement de la tête. Couloir, c-o-u-l-o-i-r. »

J'ai rougi encore un peu plus. « Merci. »

Puis je me suis engouffrée dans ledit couloir aussi vite que mes pattes de zèbre voulaient bien me propulser.

En fin de compte, il peut se passer beaucoup de choses en 4 minutes. En 4 minutes, la foudre frappe la Terre en moyenne 14 400 fois. En 4 minutes, il se produit 20 séismes dans le monde, et 218 945 kilos de nourriture encore comestible se retrouvent dans les poubelles américaines.

Toutes les 4 minutes, 418 personnes meurent. Et il apparaissait de plus en plus probable que si je ne me carapatais pas quelque part, je serais dans le lot.

3

Inutile de préciser que je me suis enfermée à clé dans les toilettes. Puis j'ai passé les quatre minutes suivantes à faire ce qui suit :

1. Tripoter un bouton douloureux sur ma joue.

2. Laver mes mains moites.

3. Me rendre compte que tripoter mes boutons avec mes mains moites ne pouvait pas arranger les choses.

4. Me faire des grimaces de poisson rouge dans la glace.

5. M'essuyer les mains avec du papier toilette parce que la science a établi que les séchoirs soufflants augmentent de 255 % le nombre de bactéries sur les mains.

Enfin, j'ai consulté ma montre, tâché d'aplatir mes cheveux frisottés sur mes tempes, je suis sortie des toilettes et j'ai repris le couloir. Où je me suis arrêtée net.

La blonde et la brune étaient toutes les deux là, appuyées au mur.

« Euh… oui ?

– On nous a dit de descendre au casting en avance, m'a dit la blonde d'un air dégagé, en me montrant une porte noire en bas d'une volée de marches. La fille de l'accueil veut passer un coup de fil perso. »

J'ai contemplé l'escalier avec étonnement.

« Parce que c'est en bas ? Vous êtes sûres ? »

Je n'avais pratiqué que quelques castings dans ma vie, et tous s'étaient tenus dans une salle au fond, en haut.

« Oh, c'est mignon ! On voit que tu ne travailles pas depuis longtemps, hein ? m'a fait la brune en inclinant la tête d'un air attendri.

– N… non », ai-je admis en sentant mes joues chauffer un peu. Nom d'une sucette à rouflaquettes ! Comment avaient-elles deviné ?

Elles m'ont souri toutes les deux. « Eh bien, Infinity installe toujours ses clients les plus prestigieux en bas. C'est la plus grande salle, la mieux éclairée aussi, et elle a un certain… comment dire… ?

– Un parfum particulier. »

La blonde a retiré une poussière invisible de son jean moulant, puis s'est mise à descendre, suivie de près par la brune. « Voilà. Un certain parfum.

– Ah. Merci de me prévenir.»

Vous voyez? C'est exactement le genre de chose que j'aurais sue si je ne m'étais pas mis la réceptionniste à dos d'entrée de jeu. «Euh, ai-je fait au bout de quelques secondes d'un silence encore plus gênant. Je suis vraiment navrée pour ce qu'a dit Wilbur. Ne vous en faites pas, je ne suis pas douée du tout. Dès qu'ils me verront, les gens de *Brink* vont changer d'avis et choisir l'une de vous deux.»

Elles ont haussé les épaules à l'unisson. Je leur ai alors fait un grand sourire. «On pourrait peut-être balayer le passé, repartir de zéro?»

Oh, oui, ai-je songé avec une bouffée d'enthousiasme, cela pourrait enfin être mon grand moment. Je pourrais devenir copine avec deux superbes mannequins et entrer dans leur bande. Nous deviendrions inséparables, et toutes nos aventures de *fashionistas* se dérouleraient dorénavant en trio: comme dans *Harry Potter*, mais version mode. Étant donné ma couleur de cheveux et mes taches de rousseur, je serais Ron Weasley, évidemment.

«Tu sais quoi?» m'a demandé la blonde en riant.

J'ai ri à mon tour. Tout se passait comme sur des roulettes! Nous avions déjà nos petites blagues privées, même si je ne les comprenais pas complètement.

«Quoi?

– Je crois bien que c'est l'endroit parfait pour ça ! Tu vas *balayer* le passé, tu n'imagines même pas à quel point ! »

Et tandis qu'on m'attrapait les bras et qu'on me poussait dans un placard à balais, je n'ai pensé qu'à une chose : une personne qui croit tout ce qu'on lui dit est parfois appelée un gobe-mouches.

C'est une bonne image.

4

J'en suis donc là.

Non seulement enfermée dans un placard à balais sans éclairage, sans réseau téléphonique, et imprégné d'une intense odeur de piscine abandonnée, mais aussi le corps à moitié passé par le soupirail.

Il est devenu clair, au bout d'une vingtaine de minutes, que je n'aimais pas les espaces confinés et que je n'étais pas du tout aussi agile ni sportive que je l'aurais voulu. Et qu'il était improbable que quiconque se lance frénétiquement à ma recherche. Car c'est ce qui arrive quand on corrige l'orthographe des gens : en général, ils ne sont pas très pressés de vous revoir.

La bonne nouvelle, c'est que je n'ai pas complètement perdu mon temps. De fait, au cours des quarante dernières minutes, j'ai réussi à :

1. Faire seize parties de morpion dans la poussière du rebord du soupirail.

2. Observer un pigeon dans la ruelle sur laquelle donne ledit soupirail.

3. Réciter le tableau périodique des éléments à l'endroit, à l'envers et dans le désordre.

4. Chanter mes chansons préférées d'au moins sept dessins animés Disney.

J'en suis à me demander si la huitième devrait être *Supercalifragilisticexpialidocious* ou *Ce rêve bleu* lorsque j'entends la porte s'ouvrir derrière moi.

« Oh, nom d'une sucette en socquettes, merci ! dis-je en soupirant de soulagement et en agitant légèrement les doigts de pied. Désolée, Wilbur, je suis tellement idiote que je me laisse toujours avoir. » Deux mains me prennent doucement par la taille et détachent ma ceinture qui s'est emberlificotée dans le bitoniau de la fenêtre, pour me reposer sur le sol. « Et tu sais quel est le comble ? Je n'ai jamais été aussi sale que dans cet endroit plein de produits d'entretien. » J'entends un rire chaleureux, et mes orteils cessent immédiatement de gigoter.

Le point le plus chaud jamais observé sur Terre est le ruisseau de la Fournaise, dans la vallée de la Mort : en 1913, on y a relevé une température de 56,7 °C, ou 134 °F. Il va peut-être falloir recalculer, parce qu'en ce moment mes joues pourraient en remontrer au désert californien.

Je me retourne lentement pour plonger mon regard dans les yeux noirs en amandes du plus beau garçon du monde. Sa chevelure est volumineuse, brune et bouclée, sa peau a une couleur de café au lait, sa lèvre inférieure est légèrement trop grande et son nez rebique au bout comme une piste de ski. Le coin de sa bouche remonte un peu, et je sais, voyez-vous, que quand il sourit, son visage entier en est illuminé, ainsi que les entrailles de tout individu présent dans un rayon de quinze kilomètres. Sur tous les gens dont je voulais être vue les fesses dépassant d'une fenêtre, je dois dire que le seul garçon que j'aie jamais embrassé était en bas de la liste.

Lui, et le gars qui attribue les prix Nobel, vous voyez. On ne sait jamais.

« Humm, bonjour, Nick », dis-je, la tête haute, d'un air aussi digne que possible.

Il a toujours son odeur verte, même dans un placard saturé d'effluves d'eau de Javel.

« Bonjour, Harriet. Quelqu'un t'a fait croire récemment que tu t'étais transformée en chat, peut-être ? »

Il fait noir, ici, mais pas assez : je vois quand même le bout de son nez frétiller d'amusement. J'essaie de relever encore un peu plus la tête. « Bien sûr que non. Simplement, j'étais... » Quoi ? Qu'est-ce que je fabrique dans un placard à balais, au juste ? « … Ça m'intéressait de voir le monde de la mode sous toutes les coutures. C'est important d'avoir une vision globale du métier de mannequin. Sous tous… tous les angles, tu vois. » Je me racle la gorge.

« M-mm », fait Nick. Sauf que cela n'a rien à voir avec le *m-mm* que les autres mannequins m'ont balancé il y a une heure. C'est un *m-mm* chaleureux. Un *m-mm* amusé. Un *m-mm* qui signifie : « De manière inexplicable, je comprends ce qui s'est passé sans avoir besoin qu'on me le dise et je t'aime bien quand même. »

Je déglutis. « Alooors… Quel bon vent t'amène ? »

Il sourit largement et se rapproche de moi. « Je passais récupérer un contrat Versace, et Wilbur m'a dit que tu t'étais volatilisée. En ce moment même, il regarde sous toutes les tables de l'immeuble ; moi, j'ai pris les placards. »

Mes joues sont de plus en plus brûlantes. Non mais ! D'accord, j'étais cachée sous une table la première fois que j'ai rencontré Nick Hidaka, mais ça ne veut pas dire que je passe ma vie sous les meubles ! Je me suis trouvée plusieurs fois dessus, aussi, ou à côté. Il a une mémoire très sélective.

Nous nous regardons pendant quelques secondes. Clairement, la seule manière de me tirer de ce mauvais pas est de sortir du placard. Garder mon sang-froid, rester digne, m'en retourner d'une manière adulte, sophistiquée et…

Une bulle de rire gêné s'échappe soudain de mes lèvres. Non, ce n'était pas la bonne réaction, n'est-ce pas ?

« Je suis vraiment nouille, hein ? dis-je en regardant par terre.

– Un petit peu, admet Nick avec son chaleureux accent australien.

– Je fais de mon mieux, mais je ne suis pas sûre de pouvoir lutter contre ça. Je crois que c'est de naissance. »

Nick place une main sous mon menton et relève doucement ma tête pour que je le regarde à nouveau. « Heureusement que j'ai un faible pour les nouilles, me dit-il. Surtout quand elles savent réciter le tableau périodique des éléments à l'envers. »

Et lorsque le garçon que j'aime le plus au monde se penche pour m'embrasser, ça ne me paraît plus si affreux que ça d'être enfermée dans un placard à balais.

5

Malheureusement, il ne nous sera pas donné de rester là. J'argumente pourtant à fond. Je suggère un « pique-nique placard » : je suis sûre d'avoir quelques morceaux de barre chocolatée écrasés au fond de mon sac, et même, en fouillant bien, un demi-sandwich fromage-oignon que nous pourrions partager.

N'importe quoi, du moment que cela peut prolonger mon séjour dans cet environnement, qui soudain, comme par magie, m'apparaît incroyablement romantique. Mais, par malchance, Nick ne voit pas les choses ainsi.

« Tu n'étais pas censée aller à un casting ?

– Le casting ? » Je passe la tête par la porte du placard et fronce les sourcils. Les lumières sont éteintes. « Je crois que tout le monde est parti. Mais ça ne fait rien ! Je n'y tenais pas plus que ça.» Je me hausse sur la pointe des pieds pour l'embrasser encore.

« Non ! s'esclaffe Nick en déposant un baiser sur le bout de mon nez. Pas pour *Brink*. Je pensais à autre chose.»

Nom d'une sucette à bouclettes ! Pourquoi faut-il qu'il mémorise toujours tout ce que je lui dis ? Si je ne le connaissais pas aussi bien, je pourrais croire qu'il a mon planning dans la poche, sous forme de liste à points. C'est d'ailleurs exactement le genre de chose que je pourrais avoir, moi, mais lui, ce n'est pas son style.

« Oh ! Je crois que j'ai raté l'heure. Pas grave ! » dis-je, l'air de rien, en agitant une main.

Nick arrondit un sourcil. « Ça m'étonnerait que Nat soit de cet avis.»

Nat.

Une vague de honte et de culpabilité me submerge, si puissante que je manque en tomber à la renverse. Car je vais être honnête : s'il y avait un autre avantage au fait d'être coincée dans un placard, c'est que cela m'empêchait de me trouver ailleurs.

Un ailleurs encore pire.

Je pique du nez une fois de plus. « Bon, c'est vrai, je lui ai promis, dois-je reconnaître d'une petite voix. Et c'est ma meilleure amie.»

Ma seule amie. Mais ce n'est sans doute pas le moment

d'apporter cette précision. Nick sourit encore et se penche vers moi. « Exactement ! Allez, ça va être marrant… Pas de quoi stresser. »

Nous savons tous ce qu'il entend par cette expression, à savoir : précisément le contraire. J'essaie d'avoir l'air fâché, ce qui est pratiquement impossible quand on se fait embrasser. Je ronchonne quand même un peu, pour la forme.

Il pouffe et me prend par la main. « Allez, Miss Dessous-de-Table. Le prochain train pour ton lycée passe dans un quart d'heure. Je t'accompagne à la gare. »

6

Eh oui : le lycée.

Nous sommes samedi, il est 18 h 30, et me voici devant les portes d'un bâtiment qui, en principe, devrait être fermé. En temps normal, je serais ravie d'être ici en dehors des heures d'ouverture, mais là, franchement, je préférerais nettement me trouver ailleurs.

N'importe où, pour tout dire. La vitesse des vents sur Neptune peut atteindre au moins 2 000 kilomètres-heure, ce qui suffirait largement à réduire un immeuble en miettes. Tout bien réfléchi, j'aimerais encore mieux être là-bas.

« Mais où t'étais passée ? » Nat charge vers moi telle la reine Boadicée[1] sur son char : ses cheveux parfaitement

1. Reine d'une tribu britannique qui leva une armée pour lutter contre l'envahisseur romain au Ier siècle après Jésus-Christ.

lissés volant au vent, ses yeux soulignés d'eye-liner plissés en deux fentes furieuses, et un sac à main argenté, sans doute très coûteux, levé devant elle comme un bouclier compact. « Ça fait des heures que je t'appelle, je t'ai laissé un million de messages, et… » Elle fronce les sourcils, regarde un peu plus bas. « Harriet, pourquoi tu as de la crasse tout autour de la taille ? »

Je tire sur mon pull rayé. En effet, je ressemble désormais à une version humaine (et crasseuse) de Saturne. « Désolée d'être en retard. »

Ma meilleure amie inspire à fond, puis exhale, avec un geste suave de la main, tel un chef d'orchestre sur le point de diriger une symphonie. « C'est bon, on a encore le temps. »

Nom d'une sucette en mimolette. Il me restait un mince espoir d'avoir tout raté. C'était bien sûr l'amie horrible, égoïste et nulle tapie en moi qui pensait ça.

En France, pour souhaiter bonne chance à quelqu'un sans prononcer ces deux mots qui portent malheur, on lui dit : « Merde. » En Angleterre, on dit : « Casse-toi une jambe. » Oooh ! Bonne idée. Si je trouvais ne serait-ce que quelques marches où dégringoler, je pourrais…

« N'y songe même pas, tranche Nat en me voyant chercher des yeux un escalier. Je suis sérieuse, Harriet. Ne songe même pas à y songer. Tu passeras l'audition pour *Hamlet* avec moi, même si je dois t'y traîner dans un chariot de supermarché.»

De temps en temps, j'aimerais que ma meilleure amie ne me connaisse pas par cœur. En ce moment, par exemple. Je fais une dernière tentative. «Mais Nat, tu n'apprécies même pas Shakespeare! Tu te sers de ton *Jules César* pour caler ton miroir grossissant!»

Elle fait une grimace, et je me rends soudain compte qu'elle est morte de trouille. Elle a des plaques rouges sur le cou et elle a rongé tous ses ongles sauf un: son estomac doit être rempli de petites miettes de vernis bleu. Elle porte son pouce à sa bouche, prête à attaquer le dernier ongle. «C'est mon ultime chance, Harriet. Si je ne peux pas être mannequin, autant essayer de devenir actrice, non? Ça me rapportera peut-être une campagne pour un rouge à lèvres, ou quelque chose dans le genre.»

Je me raidis. Si j'ai accepté de passer l'audition avec elle, c'est exactement pour cette raison: il y a trois mois, lors d'une sortie scolaire à Birmingham, j'ai involontairement volé à ma meilleure amie le rêve de sa vie, celui de devenir mannequin. Le moins que je puisse faire, maintenant, c'est la soutenir lorsqu'elle essaie autre chose. Je regrette juste qu'elle ne se soit pas rabattue sur l'astrophysique. Ou le jardinage.

«S'il te plaît? ajoute-t-elle d'une petite voix. Je pense

que ça pourrait vraiment me plaire. » Elle me fait les yeux de cocker qui m'ont toujours fait craquer depuis nos cinq ans, et je cède : je la serre dans mes bras.

« Tu vas tout déchirer, Nat. Allons-y. Après tout, qu'est-ce qu'on risque, hein ? »

Nous franchissons alors les portes du gymnase, et nous obtenons une réponse brutale à cette question.

Il paraît que les dauphins perdent la couche externe de leur peau toutes les 2 heures, et il se peut que je sois en train de me transformer en cétacé. Il me semble en effet que les cellules externes de mon corps tombent bien plus vite que la normale humaine.

Ça ne peut pas arriver. Ça ne peut pas être vrai.

Et pourtant.

Dans le gymnase, sur deux chaises, sont assis M. Bott, notre prof d'anglais, et Mlle Hammond, notre prof de théâtre. Sur une scène installée au milieu, il y a un garçon de seconde, qui essaie plus ou moins de faire un flip arrière. Assis par terre, environ la moitié de notre niveau de classe : cent cinquante élèves bavardant tranquillement ou jouant sur leurs téléphones.

Et pile devant, entourée de ses sbires, se trouve la personne dont j'aurais le moins imaginé qu'elle se présenterait à une activité extrascolaire. Mon bourreau depuis dix ans, mon ennemie jurée, mon fléau, mon calvaire.

La fille qui me hait le plus au monde.

Alexa.

7

Sérieusement.

Ceci est ma seconde audition prévue en quatre heures. Pourquoi ai-je été enfermée dans un placard pour l'autre, et pas pour celle-ci ?

Nat a blêmi tellement vite qu'on ne voit plus que son blush sur ses joues : deux taches roses, qui lui donnent un air de poupée russe. « Je ne comprends pas, chuchote-t-elle tandis que nous allons discrètement nous asseoir par terre dans le fond. Pourquoi est-ce que tout le monde est là ? Je pensais qu'il n'y aurait que les habitués du cours de théâtre. » Et, d'un petit coup de dents, elle fait disparaître les derniers vestiges de son vernis bleu.

« Il paraît que si on participe à la pièce, on est dispensé de devoirs pendant toute la période des répétitions, nous informe une fille assise devant nous. Pas de devoirs du tout, même en maths.» À ces mots, mon cœur se serre. C'est trop injuste : je dois jouer dans une pièce et, en plus, être privée de devoirs ? Mais c'est ce que je préfère : faire du travail scolaire sans être en classe !

Tout de suite après, cependant, mon moral remonte en flèche. Il y a environ quatre-vingts filles ici, et seulement deux rôles féminins dans *Hamlet* : si tant de monde passe l'audition, mes chances d'être sélectionnée se réduisent statistiquement à presque rien. Je n'ai plus qu'à me tenir tranquille, et si ça se trouve, ma présence passera totalement inaper...

« Harriet ! »

Je ferme les yeux un instant.

« Harriet ! Harriet ! Harriet Manners ! »

Toutes les conversations s'arrêtent dans un rayon de quinze mètres, et tous les yeux se tournent vers une silhouette joyeuse qui me fait de grands signes énergiques. Le propriétaire de cette silhouette porte un pantalon orange et un tee-shirt bleu vif avec l'inscription suivante : TANT QU'IL Y AURA DES ATOMES.

Je lui adresse un discret signe de tête, puis je me roule en boule et tente de disparaître en moi-même, façon hérisson.

Ça ne marche pas.

« Tu es là ! » fait semblant de chuchoter Toby, très fort,

en s'approchant de moi sur la pointe des pieds avec des gestes exagérés. « J'étais persuadé que tu comptais venir, mais ensuite je me suis demandé si ce dispositif d'écoute que j'ai installé devant chez toi n'était pas défectueux, et j'allais retourner au magasin demander un remboursement. Mais la technologie n'était pas en cause, et tu es bien là ! »

Oubliez les hérissons. Je me réduis à la taille d'un cloporte particulièrement embarrassé. « Salut, Toby », dis-je dans un murmure tandis que mon harceleur personnel slalome, sans beaucoup d'égards, entre les gens assis par terre pour me rejoindre.

« Aïe ! » grommelle quelqu'un en se faisant marcher sur les doigts.

« Hé, ho ! » fait quelqu'un d'autre lorsque Toby shoote dans son sac et l'envoie à plusieurs mètres.

« Qui a invité les geeks ? »

Toby poursuit sa route sans se laisser perturber un instant. « Tu vises quel rôle, Harriet ? s'enquiert-il gaiement en s'asseyant sans ambages à côté de moi. Je pense que tu ferais une excellente Ophélie, mais que c'est compromis à cause de toutes les parties chantées. Je suis souvent sous la fenêtre de ta salle de bains le matin, et je peux affirmer que le chant n'est pas ton fort. »

J'entends des gloussements autour de moi. Il y a un long

rideau à quelques mètres : si seulement j'avais des abdos plus puissants, je pourrais ramper comme un serpent pour aller me cacher derrière. Mes joues, une fois de plus, commencent à chauffer.

« Toby, je ne pense pas... »

Il agite une feuille de papier. « J'ai sélectionné les monologues que tu pourrais présenter avec succès, et après examen attentif il en reste deux : celui de Catherine dans *La Mégère apprivoisée* et celui de lady Macbeth. Tu es douée pour éponger du sang ? »

La moitié des élèves, à présent, rigolent et se donnent des coups de coude. Les joues encore un peu plus brûlantes, je jette un coup d'œil nerveux à Alexa, assise plus loin à l'avant de la salle. Elle regarde d'un air absent le garçon monté sur la scène, lequel, pour une raison obscure, est maintenant en train de faire un numéro de jonglage.

« Toby...

– Ou alors, Juliette.

– Toby...

– Ou Desdémone dans *Othello*. La scène de sa mort. » Un silence. « Sauf qu'elle aussi, elle chante. Bon, oublions Desdémone. »

Quinze personnes de plus se retournent vers nous et pouffent de rire.

« Ou... »

Et comme ça, d'un coup, ma tête entière explose. «TOBY, BON SANG, NOM D'UNE SUCETTE, PITIÉ, PITIÉ, VA-T'EN!»

Alors, dans un grand silence soudain, la salle entière pivote pour nous regarder. Oui, bon. Ça n'a pas arrangé mes affaires, cette réplique.

«Harriet Manners.» M. Bott est debout, les bras croisés, les traits chiffonnés comme une paire de chaussettes mouillées.

Oh non. Oh non oh non oh…

«Oui?

– Levez-vous, je vous prie.»

Je me déplie prudemment et parviens, je ne sais comment, à me retrouver debout. Mon visage entier devient rouge clignotant, tel le bouton «pause» de notre machine à laver, à la maison.

La tête de M. Bott, elle, devient encore un peu plus chaussettesque. «Si mes souvenirs sont bons, Harriet, ce n'est pas la première fois que vous perturbez le groupe en criant. Après votre dernière démonstration, je m'étonne que vous n'ayez pas retenu la leçon.»

Au trimestre dernier, j'ai crié par inadvertance contre Toby en plein cours d'anglais, nous attirant par inadvertance des ennuis avec M. Bott, ce qui a par inadvertance mis Alexa en colère, ce qui l'a poussée à forcer tous les élèves à lever la main pour dire qu'ils me détestaient. Je m'étonne moi-même de ne pas avoir retenu la leçon. « Désolée », dis-je d'une toute petite voix.

M. Bott hausse les sourcils. « Puisque visiblement vous *rêvez* d'un rôle clé dans cette pièce, passez donc tout de suite. »

Je regarde fixement la scène. Puis la foule silencieuse qui m'entoure, et qui me regarde tout aussi fixement. Puis Alexa, qui me jette des regards assassins. Puis Toby, qui affiche un grand sourire exaspérant et lève les deux pouces.

Enfin, je regarde Nat.

« S'il te plaît ? me chuchote-t-elle. Je ne veux pas faire ça toute seule. »

Je repense à ce qui s'est passé la dernière fois que je me suis trouvée sur une scène : j'ai fait tomber – toujours par inadvertance – un autre mannequin et gâché un défilé de mode entier. Puis je repense à l'endroit où je me trouvais tout à l'heure : dans une agence de mannequins, à un casting pour le magazine *Brink* (ou presque). Je sais ce que ma meilleure amie depuis dix ans aurait donné pour y être.

Alors, je déglutis et prends la feuille de papier dans la main de Toby. « Très bien, dis-je d'une voix aussi assurée que possible. J'arrive. »

Et je monte sur scène.

8

Il existe un petit animal d'eau douce, appelé hydre, qui vit dans les étangs, les lacs et les rivières. Vous pouvez découper une hydre en mille morceaux, elle s'en tirera comme une fleur. Ses fragments, cellule par cellule, vont ramper les uns vers les autres et se réassembler pour former de nouveau une hydre. Il n'y a qu'une condition à cela : certaines des cellules de son cerveau doivent rester intactes pendant tout le processus. Le secret de survie de l'hydre, c'est de garder toute sa tête.

Malheureusement, je ne suis pas une hydre.

Aussitôt que je me retrouve sur scène, ma cervelle se désintègre. Je connais la scène du balcon par cœur – il m'arrive de la réciter dans mon bain pour m'amuser –, mais là, je parcours fébrilement la feuille qui tremble dans mes mains moites, car je ne peux plus en retrouver un mot.

Chaque fois que je regarde Nat, je sais qu'il me faut essayer, de toutes mes forces, de décrocher un rôle dans la pièce. Chaque fois que je m'imagine jouant devant tout le lycée, je sais qu'il me faut essayer, de toutes mes forces, de ne pas décrocher de rôle dans la pièce. Et chaque fois que je regarde Alexa, assise à deux mètres de moi avec un sourire supérieur, je n'ai qu'une envie : courir me cacher derrière un rideau ou ailleurs, n'importe où, dans un trou du plancher peut-être.

Ajoutez à cela mon manque de talent inné pour l'art dramatique. J'adore Shakespeare, mais je ne peux l'apprécier que sur un plan théorique. Mes aptitudes artistiques sont inexistantes. Il faut donc que je me débarrasse au plus vite de cette épreuve avant de me faire déchiqueter en mille morceaux.

Nom d'une sucette à lunettes, à couettes, à castagnettes…

« *Ô Roméo, Roméo !* je lance soudain en m'étreignant la poitrine comme si je faisais un petit infarctus. *Pourquoi es-tu Roméo ?*[1] … Euh… » Je lève le papier devant mes yeux. « Pardon, je ne sais plus où j'en suis.

1. Les extraits de toutes les œuvres de William Shakespeare cités dans ce livre sont des traductions de François-Victor Hugo (1828-1873).

– *Elle parle !* lance Toby, plus près de la scène que tout à l'heure. *Oh ! parle encore, ange resplendissant !* »

Et voilà, tout le monde glousse de plus belle. Alexa hausse les sourcils et son sourire devient un peu plus sournois. J'envisage un instant de me mettre en boule et de me laisser rouler jusqu'à tomber de la scène, mais un coup d'œil à Nat m'en dissuade.

« Euhhh… *Renie ton père et abdique ton nom ; ou, si tu ne le veux pas…* »

Alexa lève les yeux au ciel et bâille avec emphase.

« *… et je ne serai plus une Montaigu.* Non, pardon, une Capulet. *Je suis une Capulet.*

– Dois-je l'écouter encore, ou lui répondre ?

– Je pense que tu devrais te taire, Toby, tranche Mlle Hammond. Faute de quoi je devrai te demander de sortir.

– Mais Harriet est un soleil ! objecte Toby.

– Eh bien, bronze en silence. »

Il mime le geste de se fermer la bouche avec une fermeture Éclair et m'envoie un clin d'œil depuis le coin de la scène (dont il s'est encore rapproché en douce). Je l'étriperai aussitôt sortie de là, et pas un seul jury dans le pays ne me condamnera, convaincu par mes circonstances atténuantes.

J'inspire un grand coup.

Garde toute ta tête, Harriet.

« *TonnomestmonennemitunespasunMontaigutuestoimême questcequunMontaigucenestniunemainniunpiedniunbrasniun visagenirienquifassepartied'unhommeohsoisquelqueautrequy atildansunnomcequenousappelonsuneroseembaumeraitautant sousunautrenomainsiquandRoméonesappelleraitplusRoméo ilconserveraitencoreleschèresperfections...*

– Très bien, me coupe M. Bott en levant une main. Je pense que c'est suffisant. Merci, Harriet. C'était... intéressant. » Alexa lance un applaudissement lent et sarcastique. « Et, Alexa Roberts, ça suffira aussi.

– Mais quoi, monsieur ? s'étonne-t-elle en feignant l'innocence. Je montrais simplement mon enthousiasme pour la prestation émouvante et profonde d'Harriet.

– J'ai du mal à le croire, répond mon prof d'anglais avec une franchise désarmante. Alors ne perdons pas de temps, d'accord ? Au suivant. »

9

Passer l'heure qui suit dans ce gym-
nase est un peu comme se trouver dans un cirque de campagne terriblement amateur. Je me fais toute petite pour aller retrouver Nat au fond de la salle et je reste assise en silence pendant que mes joues reprennent lentement leur couleur normale. Heureusement, je trouve de quoi me distraire en regardant la scène. Il y a là des gens qui font la roue, des gens qui chantent, des gens qui dansent, des gens qui font semblant de « cracher du feu » avec un briquet et une petite bombe aérosol (ils récoltent des heures de colle). Quelqu'un a même amené son chien, mais celui-ci, au lieu de sauter dans un cerceau, reste assis sur la scène en lâchant des pets tonitruants. Tout cela serait moins étonnant si ce panneau n'était pas fixé à la porte :

VOUS N'ÊTES PAS À « INCROYABLE TALENT »

Enfin arrive le tour de Nat. Elle se lève et lisse ses cheveux, et je ressens un enthousiasme authentique.

Peut-être qu'elle va être bonne.

Non : peut-être qu'elle va être fantastique. Se dessine peut-être ici l'avenir formidable auquel est destinée ma meilleure amie, et cet instant est celui qui va tout changer. D'ici dix ans, je serai allongée sous un parasol, au bord de sa piscine à Hollywood, en train de me tartiner de crème SPF 50 parce que ma peau n'est pas faite pour supporter le soleil californien.

« Merde », lui dis-je tout bas tandis qu'elle me presse la main.

Et là, avec une grande maîtrise de soi, Nat monte lentement sur scène et demeure parfaitement immobile pendant quelques secondes. Elle nous regarde posément.

Et moi, je la contemple, éberluée.

Son anxiété, sa peur, ses tremblements ont disparu comme par magie. Remplacés par une dignité souveraine. Une tranquillité. Une aura de confiance en soi, profonde et inébranlable. Une grande sérénité s'abat sur la salle : nous sommes littéralement sous le charme. De toute ma vie, jamais je n'ai été aussi fière.

Alors, Nat ouvre la bouche.

« *Maintenant…*, dit-elle avec raideur en courant d'un bout à l'autre de la scène, une main sur le front comme si elle souffrait d'une fièvre carabinée, *maintenant vient l'hiver de notre mécontentement. Si douce est la tristesse de nos adieux que je te dirai : bonne nuit ! jusqu'à ce qu'il soit jour.* » Elle court jusqu'à l'autre bout de la scène. « *Les vents violents font tomber les tendres bourgeons de mai, est-ce donc une épée que je vois devant moi ?* » Elle s'effondre sur le sol et feint de pleurer à chaudes larmes dans ses mains. « *Te comparerai-je à un jour d'été ?* » Puis elle regarde le plafond en se tordant les mains. « *Si la musique est l'aliment de l'amour, joue…* »

C'est avec une inquiétude croissante que je vois mon amie se jeter dans tous les coins, donner des coups de poing en l'air, sautiller, bondir, brailler et gesticuler sur la scène. Elle passe en une seconde de Macbeth à Othello. Sans transition, la voilà sur le dos, pleurant Cordélia, puis voilà qu'elle est Puck, puis Béatrice, puis Desdémone.

Enfin, une fois épuisée par cette sorte de remix disco du canon shakespearien, Nat se laisse brusquement tomber à genoux et conclut sa prestation en agitant comiquement les mains devant elle comme si elle dansait le charleston.

Peut-être aurions-nous dû préparer sa stratégie avec un peu plus d'attention avant de venir ici. Ou bien… finalement… ne pas venir du tout.

« Alors, je suis prise ? Je peux jouer Hamlet ? » demande-t-elle aussitôt avec ardeur, en relevant la tête vers M. Bott – qui tient la sienne, de tête, à deux mains.

Mlle Hammond lance un regard à son collègue et tous deux se lèvent lentement. « Et voilà, fin des auditions ! lancent-ils à l'unisson. Merci à tous d'être venus. » Tandis qu'ils s'éloignent rapidement en rasant les murs, j'entends M. Bott murmurer : « Eh bien, ça me fait quelque chose de voir que les deux dernières années de ma vie ont été une parfaite perte de temps. » La porte claque derrière eux.

Nat me regarde par-dessus les têtes et je souris un peu plus fort. Le visage humain compte 43 muscles, et mon expression en ce moment est tellement contre-nature que je crains de m'en être froissé quelques-uns. Je me pince la joue, pour voir.

« *Oh ! Que ne suis-je le gant de cette main ! Je toucherais sa joue !* lance une voix derrière moi. Tu as vu, Harriet ? Je suis ton Roméo ! »

Je fais volte-face, furieuse. « Qu'est-ce que tu fiches là, Toby ? Tu n'as même pas passé l'audition !

– Je ne suis pas ici pour une audition, Harriet, me répond-il avec étonnement. Parfois, j'ai l'impression que tu ne comprends rien au concept de harcèlement. »

Je soupire, exaspérée. « Ce serait le moment que tu me

laisses tranquille, là, Toby, lui dis-je aussi poliment que je le peux. Sérieusement. S'il te plaît.

– Pigé ! fait-il gaiement. Je disparais. »

Sur quoi il s'en retourne d'un pas allègre, avec ses lacets défaits qui traînent par terre. Pour ma part, je serre les dents et me dirige d'un pas rapide vers la sortie, histoire de m'éloigner de la foule en délire. Il me faut un peu de calme et de paix afin de pouvoir me reconstituer telle une hydre, et il me les faut vite.

Sauf que cela ne me sera pas donné. Alors que je vais pour ouvrir la porte donnant sur le monde extérieur, un pied apparaît et la bloque.

« Tu n'aurais pas oublié quelque chose, Manners ? »

Alexa est devant moi, elle me barre le chemin, et elle a mon sac dans les bras.

10

Bon. J'ai une théorie selon laquelle être un geek est un peu comme être un ours polaire perdu dans la jungle. On n'est pas à sa place, et on n'y sera jamais.

Et peu importe le nombre d'arbres derrière lesquels on se cache, ou le nombre de fois où on se couche sur le ventre pour ramper dans les fourrés, ou la ferveur avec laquelle on se dissimule la truffe avec la patte pour tenter de se camoufler, impossible de se fondre dans le décor.

Croyez-moi. Ce n'est pas faute d'avoir essayé.

Alors que Nat, de son côté, est un tigre. Dix ans que nous sommes Pires Potes, et pas une seule fois elle ne s'est excusée d'être qui elle était, ni n'a tenté de changer. Elle s'avance d'un pas souverain dans le chaos, parfaitement maquillée et perchée sur des talons de douze centimètres, en feulant contre quiconque se met en travers de sa route. Ce qui, du coup, n'arrive jamais, car personne ne se frotte à un tigre.

Quant à Alexa, elle passe inaperçue, entre les écureuils volants, les grenouilles vert pomme, les ouistitis et les babouins, jusqu'à ce qu'il soit trop tard. Elle trace sa route furtivement, et vous ne savez jamais quand elle va vous tomber dessus ni d'où elle tombera. Vous savez seulement ce qu'elle va vous faire. Elle va vous choisir comme proie, repérer les parties les plus tendres de votre corps – celles qu'on ne peut pas protéger –, et elle va y injecter son poison. Elle va irriter, piquer, pincer, de manière qu'au moment voulu vous soyez plus facile à digérer. Puis elle s'en ira, emportant avec elle un petit morceau de vous.

En résumé : de tous les animaux du monde, mon bourreau est de loin le plus dangereux. C'est la créature la moins utile à l'environnement, il est impossible de s'en défaire, et elle sème la désolation partout où elle passe.

Parmi les bêtes de la jungle, Alexa, c'est le moustique.

11

Puisque nous y sommes, restons dans le thème de la jungle tropicale : il existe une grenouille d'Afrique centrale appelée *Trichobatrachus robustus.* Pour se protéger, elle brise douloureusement ses propres os jusqu'à ce qu'ils percent ses pattes et jaillissent comme des griffes. Une mini-version amphibienne de Wolverine. En contemplant le visage trompeusement agréable d'Alexa, je comprends cette grenouille à fond. Moi-même, je suis tentée de me casser les phalanges pour essayer.

« C'est mon sac », dis-je avec étonnement. J'ai dû le laisser par terre, pressée que j'étais de sortir de la salle, comme une complète idiote que je suis.

« Évidemment que c'est ton sac », me répond-elle en désignant le mot GEEK une fois de plus gribouillé en lettres rouges, tout frais et plus flamboyant que jamais.

Mon moral tombe à zéro : j'ai mis des heures à l'effacer la dernière fois.

« Je l'ai ramassé pour toi, Harriet. Tu ne me remercies pas ? »

Harriet ? Elle m'a déjà donné toutes sortes de noms, mais jamais celui qui figure sur mon acte de naissance. J'avale ma salive, la gorge nouée. Merci d'avoir une fois de plus vandalisé mes affaires.

« Umm. Mmm.

– Bah, pas grave. Tu sais, je kiffe trop cette histoire de pièce, continue-t-elle, souriante, appuyée à la porte, mon sac toujours dans les bras. C'est vraiment une occasion unique. »

Hein ?

J'ai passé l'heure entière à essuyer mes mains moites en attendant qu'Alexa monte sur scène, mais elle n'en a rien fait. J'ai même vérifié auprès de quelques personnes autour de moi, et apparemment elle n'était pas passée non plus avant notre arrivée. J'en ai déduit qu'elle était juste là pour intimider les autres.

Ou, plus précisément pour m'intimider, moi.

« Tu *kiffes* la perspective de passer plus de temps au bahut ? » je lui demande, dubitative.

Elle me fait un grand sourire. « Absolument ! J'adore le théâtre. C'est complètement thérapeutique, non ?

– Euh… en principe, oui.

– Alors croisons les doigts pour décrocher toutes les deux un rôle, hein ? »

Sur ces mots, Alexa me tend mon sac fraîchement bousillé et m'ouvre poliment la porte. Je regarde l'une, puis l'autre, avec angoisse. Alexa va-t-elle m'enfermer dans ce sac, façon plante carnivore ? Ou bien le sac va-t-il exploser, telle une grenade en toile remplie de crayons et de stylos ?

« D'accord. » Je fais quelques pas prudents. Il ne se passe rien.

« À bientôt, Harriet Manners, me lance Alexa avec un doux sourire tandis que je sors. Oh ! Attends ! Quel est l'hôtel préféré des souris ? »

Je bats des paupières. « Pardon ?

– C'est juste une devinette, Harriet, dit-elle en m'envoyant un baiser. Préviens-moi quand tu auras trouvé la réponse ! »

Et elle referme doucement la porte derrière moi.

12

Les gens changent, vous savez. Je crois fermement que les êtres humains peuvent nous étonner par une gentillesse inattendue, une empathie naguère bien cachée, et des profondeurs de compassion et d'attention dont on ignorait tout. Mais je doute qu'Alexa fasse partie de ces humains-là. Il est même certain qu'elle mijote un mauvais coup. Simplement, je ne sais pas encore lequel.

Avec un enthousiasme limité, je m'assois sur le mur qui fait face aux portes du lycée, de l'autre côté de la rue, tout en tâchant de rassembler les cellules de ma cervelle éparpillées et de transformer le mot GEEK gribouillé sur mon sac en CREEK, avec un feutre du même rouge. Je pourrais faire croire que c'est une référence à ma passion pour le lieu-dit Antietam Creek, dans le Maryland, qui fut le théâtre de la bataille décisive d'Antietam, pendant la guerre de Sécession. Mais oui, ça marchera très bien.

Puis je vois Nat s'approcher au loin, et une grotesque rediffusion des deux heures qui viennent de s'écouler commence à se dérouler dans ma tête.

Les braillements. Les grands gestes. Les roulades sur le sol. Les déclamations. Les interruptions de Toby. Toutes les deux, nous pouvons sans doute nous vanter des pires interprétations de Shakespeare jamais exécutées, même en comptant le garçon qui s'est vomi dessus en plein *Othello* l'an dernier. Le temps que Nat arrive à ma hauteur, je suis intérieurement morte de rire, si bien que j'émets des petits bruits avec mon nez, comme ces cochons miniatures que les célébrités transportent dans leur sac à main.

« Oh là là ! fais-je lorsqu'elle prend place sur le mur à côté de moi. *Groin, groin.* Nat, c'était… *Groin.* C'était… haha… tellement… *Groin groin groin…*

— Génial, hein ? »

Mes *groin groin* cessent subitement. « Hein ? »

Elle pose son sac à main à côté d'elle, les yeux brillants, les joues rose vif. « Ça y est, Harriet. J'ai trouvé ma vocation ! Je suis faite pour ça. » Mes yeux s'écarquillent tout seuls. « Bien sûr, continue-t-elle en s'attachant les cheveux en queue-de-cheval, ça nécessite encore du fignolage. Je n'ai pas de formation classique, moi. Mais je me suis vraiment transfigurée, sur scène, non ? J'étais… transformée. C'était…» Elle regarde vers le ciel avec passion. «… C'était magique.»

Je contemple ma Pire Pote sans bouger. D'accord, je veux bien l'admettre, on aurait dit en effet qu'une sorte d'esprit vaudou l'habitait pendant sa prestation, mais sa magie n'a pas eu les bons effets. Je choisis donc mes mots avec prudence. «Tu as été… remarquable.»

Elle se mord la lèvre avec fierté et rosit encore un peu plus. «Je sais ! T'as vu ? À un moment, j'ai cru que Mlle Hammond allait fondre en larmes.

– C'est tout à fait possible», dis-je avec une sincérité absolue.

Puis je l'observe discrètement. Elle est comme éclairée de l'intérieur, telle une de ces lanternes en papier très peu écologiques que les gens font décoller au Nouvel An. «Euh, Nat ?

– Mmm ? soupire-t-elle, rêveuse, en traînant son sac derrière elle alors que nous nous mettons en route pour rentrer chez nous.

– Tu, euh… tu jouais quel rôle, au juste ?

– J'en sais rien ! réplique-t-elle avec un sourire triomphant. J'ai trouvé le texte hier soir sur Internet. Mais ça doit être la pièce la plus célèbre de Shakespeare : j'avais déjà entendu toutes les répliques.

– Ah. Je vois. »

Voilà pourquoi les professeurs nous donnent des références très précises quand il s'agit de se procurer nos textes.

« Le casting sera affiché lundi, ajoute-t-elle en joignant les mains pour pirouetter sur elle-même. Et ensuite… ma vie va changer pour toujours. Je le sens ! Il y aura un agent dans le public, qui me repérera, et tout va se passer comme dans un film de Richard Curtis, tu vas voir. » Elle me jette un coup d'œil, et son sourire chancelle légèrement. « Toi aussi, tu as été super, ment-elle avec loyauté. Ne t'inquiète pas, Harriet. Tu vas obtenir un bon rôle, j'en suis sûre.

– Ce n'est pas vraiment ce qui m'inquiète. »

Elle passe son bras sous le mien. « Merci de m'avoir accompagnée. Tu es la meilleure amie du monde, tu sais ? »

Mes entrailles se tordent de culpabilité. « Mmm, dis-je en tirant sur les manches de mon pull. Bon, alors… à lundi ?

– Tu penses ! souffle-t-elle, songeuse, le regard posé sur une cheminée au loin. Je vais commencer à me préparer pour mon grand jour. Je pense m'habiller en noir, avec un béret : il me faut un look artiste pour ma nouvelle carrière.

– Mmm. »

Je lui fais une bise et file au pas de course vers chez moi. Pas de temps à perdre : il reste moins de quarante-huit heures avant que la distribution soit affichée, et j'ai besoin de trouver quoi faire avant que Nat ne la voie. Par ma faute, un de ses rêves a été détruit au cours des trois derniers mois. Il est hors de question que je laisse la catastrophe se reproduire.

13

La maison.

Après une dure journée, il est bon de regagner un environnement serein, apaisant, en ordre : un lieu qui vous rappelle que le monde a un sens.

Un jour, je le trouverai, ce lieu béni.

« Annabel ? Papa ? Vous êtes là ? » dis-je en poussant la porte d'entrée et en lâchant mon sac dans le couloir.

Je ne sais même pas pourquoi je pose la question. Ma belle-mère, Annabel, est enceinte de quatre mois, si bien qu'elle sort rarement le soir, et mon père est toujours au chômage. Depuis qu'il a bruyamment envoyé promener son plus gros client dans le hall d'accueil de l'agence de publicité pour laquelle il travaillait, il n'a pas décroché un seul entretien d'embauche.

« C'est un tout petit milieu », se justifie-t-il, et apparemment les employeurs n'ont aucune intention de le rendre plus grand.

J'entends Annabel parler calmement derrière la porte de la cuisine. « Non. Pas question.

– Non ? Et c'est ton dernier mot ?

– C'est mon dernier mot, Richard. Ce serait irresponsable d'appeler un bébé Hercule.

– Je ne vois pas pourquoi. Ça a plutôt réussi au vrai Hercule, non ? Il portait encore des couches qu'il soulevait déjà des brouettes.

– C'était le fils de Zeus, Richard. Imagine, si notre bébé n'est pas un demi-dieu ? »

Il y a un bref silence.

« Bien sûr que si, ce sera un demi-dieu, s'indigne papa aussitôt après. Il va hériter de mes gènes, non ? »

Je lève les yeux au ciel et entre dans la cuisine. Mon père porte sa robe de chambre à rayures multicolores – celle qui lui donne l'air d'une star de sitcom –, et ma belle-mère est en tailleur noir uni, aux coutures de plus en plus tendues. Annabel est avocate, et elle aime tellement ce tailleur que je la soupçonne de dormir avec.

Je m'assois à côté d'eux et prends un biscuit au chocolat dans le gros paquet posé sur la table. « Tiens, regarde ! Nous avons une ado ! lance papa à Annabel. Tu étais au courant ?

– Je savais bien que j'en avais mis une quelque part, répond-elle avec sérénité, en tartinant un Kit-Kat de pesto. Je croyais qu'elle avait glissé entre les coussins du canapé ou qu'elle avait roulé derrière les rideaux.»

Je leur tire la langue. «Ha ha, fais-je en me fourrant un biscuit dans la bouche. Vous êtes des petits rigolos, tous les deux.»

Annabel me sourit. «Tu rentres tard, chérie. On commençait à s'inquiéter.

– Pas moi, corrige papa en m'ébouriffant les cheveux avec affection. J'avais déjà commencé à faire des plans pour transformer sa chambre en salle de yoga/donjon de Batman.»

Annabel éclate de rire et se penche pour l'embrasser. Mes parents sont mariés depuis onze ans, et pourtant ils ont toujours l'air amoureux l'un de l'autre. C'est très gênant le jour de la fête du sport à l'école. Les autres parents ne se tapent pas dans la main chaque fois que le sifflet retentit.

«Alors, qu'est-ce que tu as fait aujourd'hui? C'était comment, ce casting? Et les auditions? m'interroge Annabel. Raconte-nous un peu les aventures d'une adolescente des temps modernes.»

Je réfléchis à la réponse qu'il faut apporter à cette question. Qu'ai-je fait aujourd'hui? Je me suis mis à dos une réceptionniste et deux mannequins, je me suis laissé enfermer dans un placard à balais, je me suis coincée dans un soupirail, j'ai embrassé un garçon et engueulé un autre, je me suis fait rembarrer par un professeur, je me suis ridiculisée sur scène et j'ai découvert que ma meilleure amie était une actrice épouvantable. Ah, et aussi : on a vandalisé mes affaires. Une fois de plus.

« D'accord. J'ai appris qu'il existe une secte en Malaisie qui vénère une théière géante. » Il me semble que dans l'ensemble, c'est la meilleure réponse.

Tous deux approuvent de la tête. « C'est une secte pour moi, ça, confirme papa. Géante comment, au juste ? Je veux dire, est-ce qu'on peut entrer dedans, ou est-ce qu'elle est juste assez grosse pour contenir, disons cinq tasses de thé ? Les théières normales sont bien trop petites, si vous voulez mon avis.

– Et si vous voulez dîner, enchaîne Annabel, qui regarde papa tout en me tapotant le bras, il y a du pain grillé ici et de la glace au freezer, que vous pouvez tartiner dessus si ça vous dit. »

Vraiment. J'adore ma belle-mère, mais le temps que son bébé arrive, je serai morte de malnutrition. Je préfère m'emparer du paquet de gâteaux ouvert. « Je vais finir ça là-haut, dis-je. J'ai quelque chose d'important à faire. »

14

Je passe le reste du week-end à manger des biscuits, à fouiller Internet et à dresser une liste. Voici quelques options de carrières alternatives intéressantes que je déniche pour Nat :

1. Testeuse de toboggans aquatiques.

2. Trayeuse de serpents.

3. Technicienne en réparation d'ours en peluche.

4. Experte en stylos à plume.

5. Goûteuse d'aliments pour animaux de compagnie.

Aucune n'a la moindre chance de convaincre ma meilleure amie de laisser tomber ses rêves de scène et de grand écran. Déjà, les serpents n'ont même pas de pis.

Lorsque arrive le lundi, toutefois, j'ai réuni un éventail considérable de métiers dans des domaines variés, de la conception graphique à l'histoire de l'art en passant par l'agriculture. Il n'y a pas foule de fermes dans notre région, mais allez savoir ce qui peut piquer l'intérêt de Nat. Les vaches sont capables de monter un escalier mais pas de le descendre : elle pourrait très bien trouver cela fascinant.

Malheureusement, je n'ai même pas le temps de tenter de la convaincre de quoi que ce soit, car dès 7 heures du matin je reçois le SMS suivant :

Vais au bahut maintenant pour attendre l'affichage de la liste sur la porte de la salle de théâtre. C'est comme le matin de Noël ! Nat xoxo

Je lis le message, non sans détresse, puis enfile mon uniforme le plus vite possible. Nom d'une sucette aux coquillettes. On dirait bien que je vais devoir lancer le plan B plus tôt que prévu.

Le faucon pèlerin est l'animal le plus rapide au monde : en cas d'urgence, il plonge en piqué à une vitesse pouvant atteindre 322 km/h.

Malheureusement, je suis loin d'atteindre une telle vélocité. Papa a laissé traîner l'aspirateur dans le couloir, et quand je déboule de l'escalier – pressée de rejoindre Nat –, je me prends les pieds dans le tuyau et déchire mon collant. Je dois ensuite me désemberlificoter, aller me changer, et essayer – en vain – d'éviter une conversation avec Annabel sur le fait que je ne passe absolument jamais l'aspirateur alors que c'est moi qui mets le plus de bazar. Après quoi ma belle-mère tient à me parler d'un documentaire sur les dauphins qu'elle a enregistré. Après quoi le bébé se met à lui donner des coups de pied, et je passe encore dix minutes à lui expliquer (à elle, pas à lui) qu'à 17 semaines il est couvert d'une épaisse couche de duvet appelée *lanugo*, ce qui fait qu'il doit ressembler à un petit loup-garou.

Lorsque je passe enfin la porte, Toby surgit de derrière la haie et commence à me raconter qu'il y a 8 000 ans la Grande-Bretagne était tellement boisée qu'un écureuil aurait pu la traverser d'un bout à l'autre sans toucher le sol. De fil en aiguille, nous nous retrouvons lancés dans un grand débat environnemental sur la déforestation.

Et sur les écureuils.

Le temps que j'arrive au lycée, il est 9 heures, et je suis en retard pour l'appel. Nat est déjà assise à la place voisine de la mienne et suçote avec anxiété une mèche de ses longs cheveux. Je me glisse à côté d'elle au moment où notre professeur principal, Mme Hart, cesse de faire l'appel pour me regarder d'un air réprobateur.

« Des nouvelles ? » je demande en ouvrant mon sac afin d'en sortir mon cahier de textes. Mme Hart me fait les gros yeux, puis reprend l'appel.

Nat secoue négativement la tête. « Apparemment, ils

n'ont pas encore fait leur choix.» Ses ongles sont couleur mandarine aujourd'hui, mais son index droit est déjà dépouillé de tout vernis. «Je ne supporte pas cette attente, Harriet. Je n'y arrive pas!»

Je me détends très légèrement. Cela signifie qu'il est encore temps d'agir.

Alors, Nat renifle et se penche vers moi. «Mmm, fait-elle tout bas. C'est gênant comme question, mais tu as zappé la douche ce matin?

– Qu'est-ce que tu racontes?» J'incline la tête pour me renifler subrepticement les dessous de bras. «Bien sûr que non. Un brossage de dents nécessite 8 litres d'eau, une chasse d'eau 28 litres, et il en faut entre 100 et 300 pour prendre une douche. Je t'assure que j'ai *tout* dépensé ce matin.

– Je te crois, me répond Nat en fronçant les sourcils. Bizarre.»

Mme Hart continue l'appel, puis s'arrête et relève la tête, le nez plissé. «Quelqu'un aurait-il marché dans quelque chose?»

Tous les élèves se redressent sur leurs chaises et flairent l'atmosphère, telle une colonie de suricates. L'odeur est de plus en plus forte: même moi, je la sens, à présent. Une odeur aigre, entre le moisi et la sueur. Absolument répugnante.

« Berk, dit Megan en tirant la manche de son cardigan sur son nez. C'est horrible !

– Je crois que je vais être malade, constate Sophie avec colère. Je veux dire, je vais vraiment vomir.

– Madame, lance avec optimisme un garçon assis au fond. Je ne pense pas qu'on puisse travailler dans ces conditions. On peut rentrer chez nous ?

– Écoutez, n'exagérons rien, soupire Mme Hart d'un air las. Trouvons déjà d'où vient cette odeur, d'accord ? Que tout le monde inspecte ses semelles. »

Soixante chaussures se posent soudain sur les bureaux et chacun s'emploie à démontrer avec emphase que la puanteur, qui s'aggrave de minute en minute, n'a rien à voir avec lui. Puis Mme Hart se lève et se met à arpenter lentement la classe en reniflant. Nous la regardons en retenant notre souffle tant le suspense est grand (et parce que respirer est devenu difficile). Elle longe chaque rangée, dans les deux sens, le nez frétillant comme s'il était relié à un fil invisible.

Puis elle s'approche de nous.

« C'est ici ! » clame-t-elle triomphalement en s'arrêtant pile devant moi.

Les homards stockent dans leur carapace un pigment rouge vif qui ne devient visible que lorsque la chaleur a détruit les autres couleurs. Mes joues doivent contenir la même molécule. « Je ne sens pas mauvais ! dis-je, n'y tenant plus. Ce n'est pas moi ! »

Un ricanement parcourt la salle de classe.

« C'est çui qui dit qui y est ! lance quelqu'un dans le fond, ce qui n'a aucun sens puisque ce n'est pas moi qui ai abordé la question.

– Harriet Manners pue ! crie quelqu'un d'autre. C'est dégueu !

– Baaa ! Les geeks, c'est répugnant.

– Mme Hart, on ne peut pas nous obliger à rester en cours avec quelqu'un qui ne se lave pas correctement. Ça nous désavantage. »

Mes joues rougissent encore un peu plus. « Mais je me lave ! je m'écrie en me grandissant sur ma chaise. J'ai toujours été propre ! » Je passe en revue dans ma tête tous les produits que j'ai utilisés ce matin : dentifrice à la menthe, gel douche parfum chocolat, shampooing au miel. D'accord, je sens peut-être un peu le réveillon de Noël, mais ce n'est pas une mauvaise chose, si ?

« Pardon, mais Harriet Manners ne pue pas, s'indigne Toby devant le bureau de la prof. Elle est bien au-dessus de ces trivialités corporelles.

– Je n'ai pas dit que tu sentais mauvais, Harriet, reprend patiemment Mme Hart tandis que je lance des regards vers la fenêtre pour calculer comment sauter à travers.

Je dis simplement que l'odeur vient d'ici. Tu as peut-être marché dans quelque chose sans t'en rendre compte.

– Ou peut-être que les geeks, ça schmoutte, suggère une bonne âme.

– Mais non ! » dis-je, les joues en feu.

À ce moment-là, la sonnerie retentit enfin. Tout le monde se désintéresse brusquement de la question et commence à rassembler ses affaires. Merci, mon Dieu, pour la rigidité des horaires de cours.

Ils sortent tous, un par un, puis, à la toute dernière minute, je la vois : la tête d'Alexa, illuminée par un million de lucioles malveillantes.

Mon sac. « *Quel est l'hôtel préféré des souris ?* »

« *Le Stilton !* »

Sa pseudo devinette.

En fouillant fébrilement le fond de mon sac, je découvre le coupable : un petit tas de fromage bleu, mou, pourrissant doucement. Couvert de moisissures, suintant d'un jus jaunâtre et absolument fétide.

Je sors le fromage et le tiens en l'air.

« Bon, dit simplement Mme Hart en remballant ses dossiers, je te prie d'en disposer à l'extérieur de ma salle de classe immédiatement. » Elle s'approche de la porte. « Je dois dire, Harriet, que c'est une idée très bizarre d'apporter une chose pareille en cours. »

Et avant que j'aie pu me défendre, elle suit les autres hors de la classe. Me laissant sur place, cramoisie et empestant le fromage.

15

Bien, voici quelques données inté-
ressantes sur le fromage :

1. Le fromage existe depuis plus de 12 000 ans, c'est-à-dire bien avant toute histoire écrite.

2. Le fromage le plus cher du monde s'appelle le pule et il est fait avec du lait d'ânesse.

3. On a créé un fromage avec les bactéries trouvées dans un nombril et sur un pied.

4. Et un autre avec celles trouvées dans des larmes de peintres et d'écrivains.

5. Le stilton collé au fond d'un sac en toile est impossible à nettoyer.

J'ai passé le restant de la matinée à récurer frénétiquement mon sac avec des mouchoirs en papier mouillés et une éponge empruntée dans la salle d'arts plastiques. En vain. Je sens encore le vestiaire de garçons. La pénicilline a peut-être sauvé 200 millions de vies depuis sa découverte, mais sa présence dans le fromage bleu n'a certainement pas aidé la mienne.

Cette fois, c'est sûr : je n'ai jamais été aussi impopulaire. Je finis par reconnaître ma défaite et demander à la femme de ménage un sac-poubelle, dans lequel je jette ma besace. Puis je fourre mes livres et mes cahiers dans un pochon de supermarché et fonce vers la salle d'art dramatique. Peut-être n'est-il pas trop tard. Peut-être puis-je encore les convaincre de ne pas broyer les rêves et l'ego de Nat et de… « Mademoiselle Hammond ? »

Elle arrive dans le couloir, ses longs colliers se balançant de droite à gauche, des bagues à tous les doigts. Le règlement du lycée interdit formellement le port de bijoux ; apparemment, tout ce qui est confisqué est directement reversé à la prof de théâtre.

Elle relève momentanément les yeux de sa planchette écritoire. « Oui, Harriet ? »

Je préfère ne pas savoir pourquoi elle se souvient de mon prénom, mais cela date peut-être de la fois où j'ai réussi à chuter de la scène alors que je jouais un rocher dans *Le Magicien d'Oz*.

« Pourrais-je vous parler ? je demande en laissant tomber

par terre mon sac-poubelle puant. C'est très important. »

Mlle Hammond acquiesce avec patience et je me racle la gorge. Avec cette histoire de fromage, je n'ai pas bien eu le temps de peaufiner ma stratégie. Tout ce que je sais, c'est que j'ai intérêt à me montrer convaincante, et vite. Je joins mes mains moites. « Savez-vous que Thomas Edison a essuyé 1 000 échecs avant de réussir à inventer l'ampoule électrique ? »

Mlle Hammond fronce les sourcils. « Ah oui ?

– Tout à fait. Et Walt Disney a été renvoyé par un directeur de journal pour manque d'imagination.

– Harriet...

– Et le colonel Sanders, celui de KFC, a vu sa recette de poulet rejetée 1 009 fois parce que personne ne la trouvait bonne. Le premier objet produit par Sony était un cuiseur à riz qui brûlait tout le riz...

– Harriet...

– Stephen King a reçu 30 lettres de refus pour le manuscrit de *Carrie*, et Beethoven était complètement sourd et apparemment nul au violon. Et ne me lancez pas sur J.K. Rowling, parce que le nombre de gens qui ne croyaient pas en elle défie l'imagina... »

Mlle Hammond pose une main sur mon épaule, dans un grand tintement de bracelets. « Harriet, qu'essaies-tu de me dire, exactement ? »

Bah ! Il me semblait que c'était évident ! Voilà clairement la raison pour laquelle notre prof d'art dramatique ne travaille pas dans un cabinet juridique. Annabel, elle, aurait immédiatement compris ma liste de précédents historiques.

« Par pitié, donnez un rôle à Natalie Grey dans *Hamlet*, mademoiselle Hammond. Je vous en supplie. Ne la rejetez pas tout de suite. Elle a besoin d'une deuxième chance, c'est tout. »

La prof me regarde pendant quelques secondes, puis a un sourire aimable. « Harriet, la liste est déjà affichée. Je l'ai punaisée au mur il y a cinq minutes.

– Mais...

– Tout est décidé. Les dés du destin sont jetés, si je puis dire. Ha. Hahaha.

– Harriet ! braille alors une voix derrière l'angle du couloir. Harriet ! T'es où ? »

Mlle Hammond me fait un grand sourire, puis tourne les talons et rentre dans sa salle, carillonnant comme le fantôme du *Conte de Noël* de Dickens.

Je pivote juste à temps pour voir Nat, qui fonce sur moi, le visage blanc et un papier rose vif à la main. Mon estomac descend d'un cran. « Oh, Nat, dis-je alors qu'elle me serre dans ses bras. Je suis tellement dé...

– Je suis prise ! me crie-t-elle dans l'oreille. Je le savais, Harriet ! Je vais être une star ! »

Elle me fourre le papier dans les mains et je le lis plusieurs fois dans son dos, en tâchant de comprendre ce qui y est écrit. Mais je n'y arrive pas. Parce que je connais *Hamlet* et que ça n'a tout simplement aucun sens.

16

SPECTACLE HAMLET – CLASSES DE PREMIÈRE
Le prince Hamlet : Christopher Belle
Le fantôme du père d'Hamlet : Noah Jackson
Le roi Claudius : Ben Wilson
La reine Gertrude : Kira Macinko
Ophélie : Raya Patel

Je relis trois fois le début de la liste, au cas où soudain je ne saurais plus lire. Pourtant, rien ne change.

Les deux seuls rôles féminins de *Hamlet* sont revenus à Raya – de loin la plus ravissante des élèves de première, avec ses cils de très jolie biche – et à Kira, qui a incarné lors des auditions la Desdémone la plus terrifiante que j'aie jamais vue. Elle semblait capable de casser la figure à Othello, et avait l'air de l'envisager sérieusement.

Sans comprendre, je regarde Nat, qui est toujours radieuse.

« Mais…

– Tu vois ? » dit-elle en me montrant le bas de la liste.

En dessous d'Horatio et de Polonius, il est écrit :

Yorick : Natalie Grey

Je parviens à émettre une sorte de *grumf.*

« C'est fantastique, non ? jappe Natalie en embrassant le papier, qu'elle a dû arracher du mur dans son enthousiasme. Yorick un personnage hyper important, Harriet. "Hélas ! pauvre Yorick !…" Genre, c'est la réplique la plus connue d'*Hamlet*. Imagine un peu : je suis le pauvre Yorick de "Hélas ! pauvre Yorick !…" »

Je cligne plusieurs fois des yeux, puis parcours de nouveau la feuille. Juste au-dessus du nom de Nat, il y a aussi :

Rosenstern : Harriet Manners

« Rosenstern ? fais-je d'une voix blanche. Mais il n'y a pas de Rosenstern ! Il y a un Rosencrantz et un Guildenstern. Ce sont deux personnes différentes !

– Oui, intervient soudain Mlle Hammond, qui vient de réapparaître dans le couloir, un demi-sandwich à la main. Mais comme ils sont indissociables et quasiment identiques, j'ai décidé d'opérer une fusion pour plus d'efficacité.»

Opérer une fusion pour plus d'efficacité? Qu'est-ce qu'elle va inventer après? Roliette? Prosperello?

J'objecte farouchement: «Mais ce sont des hommes!

– Shakespeare faisait jouer tous ses rôles par des hommes, vu que la loi interdisait aux femmes de monter sur scène, souligne ma prof tout en se fourrant dans la bouche la fin de son sandwich. Je me suis dit qu'il était grand temps de rétablir l'équilibre. D'ailleurs, Mia va jouer Horatio.»

Super. Je n'avais même pas envie de participer à cette pièce, et je me retrouve sélectionnée pour jouer les Tic et Tac du XVIe siècle.

«Au fait, nous avons démenti une rumeur qui courait, d'après laquelle les participants seraient dispensés de devoirs pendant les répétitions, ajoute Mlle Hammond l'air de rien. Curieusement, il y a eu beaucoup de désistements ce matin.»

Du coup, je comprends mieux cette liste. Enfin, je regarde tout en bas, et mon estomac entier fait un saut périlleux.

Régie son et lumière: Alexa Roberts

Régie. Son. Et. Lumière. Ils plaisantent, ou quoi ?

Mais qu'est-ce qui ne va pas chez ces profs ? Autant donner les clés du royaume à Alexa une bonne fois pour toutes ! Elle va pouvoir tirer les ficelles depuis les coulisses, tel un magicien d'Oz ivre de pouvoir. Mais un magicien d'Oz avec des mèches blondes et un caractère plus porté sur la violence.

C'est une catastrophe.

« Vite, Harriet, chuchote Nat en me prenant à part et en repliant la liste. Je n'écoute jamais en cours d'anglais. Ça parle de quoi, déjà, *Hamlet* ? »

J'inspire profondément. Enfin un domaine dans lequel je peux concrètement l'aider. « Le roi du Danemark vient de mourir, je réponds en fuyant son regard. Le fantôme du roi révèle à son fils, le prince Hamlet, que c'est son frère Claudius qui l'a assassiné pour lui piquer la couronne et épouser la mère d'Hamlet, la reine Gertrude. Hamlet jure alors de venger son père…

– Oooh, souffle Nat. C'est chaud, dis donc ! »

J'acquiesce et continue. « Mais, entre-temps, Hamlet largue sa copine, Ophélie, et tue le père de celle-ci sans le faire exprès, si bien qu'elle pète les plombs et se noie.

– Nooon ! Quel porc ! » s'exclame mon amie en ouvrant des yeux ronds.

Je souris. Depuis le temps que je m'échine à lui expliquer

que le théâtre de Shakespeare était au XVIe siècle l'équivalent de nos séries télé mélodramatiques et qu'elle l'adorerait autant que moi si elle se donnait la peine d'essayer de le lire.

« Donc ensuite, le frère d'Ophélie, Laërte, veut tuer Hamlet pour venger son père et sa sœur, ce qui mène à une grosse embrouille dans laquelle Hamlet empoisonne Laërte, Claudius empoisonne Gertrude, Hamlet empoisonne Claudius, et Laërte empoisonne Hamlet. En gros, tout le monde meurt à la fin. »

Nat a l'air très impressionnée. « C'est sombre. Et Rosencrantz et Guildenstern ?

– Ils meurent aussi.

– Et Yorick ? me questionne-t-elle avec avidité. Est-ce qu'il meurt, Harriet ? Dis-moi qu'il meurt. J'ai passé toute la soirée d'hier à travailler mon dernier souffle, au cas où. »

Je respire à fond et parviens enfin à croiser son regard. « Oui, dis-je avec toute la douceur possible. Yorick meurt aussi. »

Ce qui est vrai, en quelque sorte.

Car Yorick est un crâne. Il n'a aucune réplique, aucune chanson, et pas de costume.

Il est mort du début à la fin.

17

Je veux dire la vérité à Nat, vrai-
ment, mais je n'en ai pas l'occasion.
Entre les cours, les devoirs, les devoirs supplémentaires (pour moi) et les « préparatifs Yorick » (pour Nat), c'est à peine si je la croise pendant les quarante-huit heures qui suivent.

Ce n'est pas le genre de nouvelle que je peux lui annoncer par SMS, et les répétitions commencent directement après les cours, mercredi.

M. Bott et Mlle Hammond ont décidé d'un commun accord que, au lieu de jouer la version intégrale de quatre heures, il serait plus sage de la réduire à un spectacle de vingt minutes, suivi des numéros de danse des classes de quatrième et de troisième.

« Ce sera plus punchy ! nous explique Mlle Hammond

avec un grand geste qui agite follement les volants à fleurs de ses manches. Une version courte, ce sera dynamique ! C'est parfait pour scotcher le public et lui laisser une impression durable.

– En plus, vous n'êtes pas très doués pour apprendre du texte, ajoute M. Bott, nettement moins emphatique. Donc, moins vous passerez de temps sur scène, mieux ce sera. »

Mlle Hammond lui lance un regard noir.

« Enfin bref, enchaîne-t-elle gaiement en joignant les mains, le proviseur souhaite que notre spectacle soit joué le soir de la journée portes ouvertes réservée aux futurs entrants en sixième, ce qui ne nous laisse que deux semaines pour tout peaufiner. On peut y arriver ! »

Et elle entreprend joyeusement de distribuer des liasses de papier rose. Elle semble croire que si la pièce est couleur layette, les élèves seront plus motivés.

Nous nous regardons tous.

Jamais je n'ai vu aussi improbable ramassis d'apprentis comédiens. Nous ne sommes que treize, grâce à la fameuse « fusion-efficacité » de Mlle Hammond. Mia, curieusement, joue à la fois Horatio et le prêtre, Noah incarnera le fantôme du père d'Hamlet et Fortinbras (des ennemis mortels, notez bien), et Hanna est une sorte de remix Bernardo/Francisco/Marcellus/Reynaldo.

« L'important est de conserver l'esprit de la pièce, ajoute

Mlle Hammond sur un ton enjoué. Nous voulons de l'inspiration, de la créativité, pas le point de vue traditionnel et barbant.

– Shakespeare va se retourner dans sa tombe, commente M. Bott en croisant les bras, laconique. Il va en pleurer de colère et de chagrin…

– Restons positifs, d'accord ? le coupe sèchement Mlle Hammond à voix basse. Commençons donc par nous présenter rapidement et dire aux autres pourquoi nous sommes tous si heureux d'être là, vous voulez bien ? »

S'ensuit un long silence. Puis Nat se lève brusquement.

« Je m'appelle Natalie. Je suis là parce que j'ai l'intention de devenir célèbre. »

Et elle se rassoit.

« Hum, merci », répond Mlle Hammond sur un ton encourageant. Puis elle tourne les yeux vers moi. « Ensuite ? »

Je me lève et agite gauchement la main pour faire coucou au groupe.

« Je m'appelle Harriet Manners. Je suis là parce que… » Par loyauté et en raison d'un énorme sentiment de culpabilité. « … parce que j'adore Shakespeare. Savez-vous qu'il a inventé 1 700 mots, notamment "assassinat" et "fashionable" ? » Personne ne le savait : je le vois bien à leurs regards inexpressifs.

Puis les présentations continuent, et les confessions se font de plus en plus honnêtes, comme dans une sorte d'étrange séance de thérapie de groupe.

« Je m'appelle Mia, minaude Horatio en rougissant, debout sur un pied. Et… » Elle jette un coup d'œil à Ben et à Noah. « … Je suis là parce que… » Elle se met à glousser bêtement.

« Je n'aime pas rentrer chez moi après les cours, annonce Kira en regardant la pendule. Je déteste mes parents.

– Est-ce que mon copain pourra venir ? s'enquiert Raya avec ardeur, en enroulant une mèche de cheveux autour de son doigt. Il est en terminale, mais j'aimerais lui donner une entrée. C'est très important qu'il me voie jouer Ophélie : il aime les filles branchées art.

– On ne m'avait pas dit que c'était un club de rencontres, lâche M. Bott. Comme c'est encourageant pour l'avenir théâtral de l'Angleterre.

– On est bien dispensés de devoirs, hein ? vérifie Hannah d'une voix légèrement paniquée. C'est ce qu'on m'a dit, en tout cas. »

Personne n'a la cruauté de la détromper.

« Est-ce que ça fera monter nos notes en anglais ? » se renseigne Laërte.

Puis on entend comme un bruit de glissement : c'est Christopher qui vient se placer au centre du cercle en traînant les pieds, avec une expression renfrognée. Il est intégralement vêtu de noir.

«Je suis Hamlet, lâche-t-il avec un air funèbre. Et je suis un comédien Actors Studio, alors si vous pouviez dorénavant m'appeler Hamlet, j'apprécierais. J'accepte aussi "Prince" ou "Votre Altesse du Danemark".»

M. Bott lève les yeux au ciel. « D'accord, Christopher.

– Hamlet.

– Christopher.

– Hamlet.»

Tout le monde pouffe de rire, puis il y a un court silence au moment où nous pivotons pour regarder avec anxiété la seule personne de la salle qui ne se soit pas encore confessée.

Elle nous retourne calmement notre regard.

«Je suis Alexa Roberts, mais ça, vous le saviez déjà. Je suis là parce que je me fais une joie de contribuer au succès de cette pièce formidable depuis les coulisses.»

Mlle Hammond applaudit avec ravissement.

«Bien, il y en a au moins une qui est là pour de bonnes raisons, lâche M. Bott d'un ton sec. Je pense que ça suffit pour aujourd'hui. Emportez le script chez vous et tâchez d'apprendre votre texte pendant le week-end. On se revoit lundi. Alexa, tu n'as pas besoin d'assister aux répétitions avant la fin de la semaine prochaine.

« Quoi ? Mais c'est pas juste ! s'insurge Hannah.

– Et surtout, amusez-vous ! nous lance Mlle Hammond sans l'écouter. N'oubliez pas : c'est une belle occasion de briller, mes étoiles ! »

Je lève la main pour objecter. « Les étoiles ne brillent pas, en réalité. Elles nous donnent seulement cette impression, parce que leurs ondes lumineuses sont déviées par l'atmosphère terrestre avant de nous atteindre. » Toutes les personnes présentes dans la pièce, à part Nat, me jettent un regard d'ennui profond. Je crois bon d'ajouter : « Il me semble que le terme scientifique est la pseudo-scintillation astronomique.

– Alors c'est une belle occasion de pseudo-scintiller astronomiquement ! » conclut la prof sans se démonter.

Sur quoi elle tape dans ses mains et nous chasse de la salle.

18

Je passe le restant de la soirée à apprendre mon texte.

Ce qui n'est pas très difficile, car notre *Hamlet 2.0* ne fait plus que dix pages au total. La pièce la plus célèbre et la plus acclamée de la langue anglaise est désormais plus brève qu'un épisode de sitcom en *access prime time*.

Mon rôle se réduit à peu près aux répliques suivantes :

1. « *Oui, monseigneur.* »

2. « *Certainement, monseigneur.* »

3. « *Bien, monseigneur.* »

Disons juste que Rosencrantz et Guildenstern sont des personnages fort obligeants, qui ne méritent sans doute pas d'être poignardés à bord d'un bateau en coulisse, et c'est pourtant ce qui leur arrive.

Le bon côté, c'est qu'au moins cela m'évite de travailler

mon dernier souffle. Quelque chose me dit que je ne serais pas très convaincante.

Je suis en train de m'entraîner à entrer dans une pièce, à m'incliner et à en ressortir, lorsque mon téléphone sonne.

« Tu sais, dis-je en le sortant de ma poche (en essayant un petit geste de la main shakespearien dans la glace), tout bien considéré, on aurait dû rester dans le placard.

– Bonjour, Ouistiti-Bibi », s'esclaffe Wilbur.

Il faudrait vraiment que je prenne l'habitude de regarder mon écran avant de décrocher.

« Pardon, dis-je en piquant un petit fard. Je t'avais pris pour...

– Une erreur courante, Chouchou. Nick Hidaka et moi sommes de vrais jumeaux, séparés à la naissance par 30 années et 100 % de nos gènes. Moi aussi, j'ai les pommettes et les hanches coquinement saillantes d'une statue de la Renaissance. »

Avec un sourire affectueux, je m'assois au bout de mon lit. Wilbur n'a rien à voir avec Nick. « Est-ce que je suis dans la mouise, Wilbur ? Je suis désolée, vraiment. Ils se sont fâchés, chez *Brink* ?

– Au contraire ! Sais-tu combien de mannequins ont déjà posé un lapin à *Brink*, Choubidou-Minou ? Zéro. La bulle. Walou. Ils croient que tu les fais courir. Ils a-dooorent. »

Hein ? Jamais de ma vie je n'ai fait courir personne. « Euh... tu leur as dit où j'étais, en fait ?

– Bien sûr que non, tintinnabule Wilbur. Tu imagines ? "Désolé, mais le nouveau visage de *Baylee* s'est perdu dans les locaux de sa propre agence", ce n'est pas franchement l'image glamour et sophistiquée qu'Infinity essaie de projeter.

– Alors qu'est-ce que tu leur as raconté ?

– Que tu avais un empêchement de dernière minute top secret et terriblement important, qui pourrait bien, allez savoir, être lié au prince Harry.

– Le prince Harry ?!!

– Vous êtes roux tous les deux ! J'ai paniqué. »

La reine Elizabeth Ire, Mark Twain, Vincent Van Gogh, Emily Dickinson : rien que des roux célèbres. Il va falloir que je commence à donner à Wilbur des listes, ou des Post-it, enfin quelque chose.

Puis soudain je me redresse d'un coup. « Attends, Wilbur. Qu'est-ce que tu es en train de me dire, là ?

– Que tu es engagée, mon petit Chargeur-de-Téléphone. Le shooting est pour mardi prochain : ils se sont organisés pour que tu puisses y être après tes cours. Ça va être fantabuleux pour ton book, Hamsterounette ! »

Une vague d'émotions contradictoires me submerge : bonheur, fierté, angoisse, culpabilité.

Peur.

La dernière fois que j'ai fait un shooting de mode, je n'ai réussi à survivre que parce que Nick m'a tenue par la main, au sens le plus concret du terme, pendant tout le processus. Ce n'est sans doute pas ce que *Brink* a prévu pour moi.

« Humm, dis-je en triturant le coin de ma housse de couette. Il faut que j'apporte quelque chose ? »

Wilbur éclate de rire. « La même chose que d'habitude ! » Et il raccroche avant que j'aie pu lui demander ce qu'il entendait par là.

19

J'attends Nat jusqu'au samedi midi. Le mercredi soir, après les répétitions, sa mère l'a punie pour avoir cassé le talon d'un de ses escarpins Jimmy Choo, et Nat est d'une telle humeur que je n'ai pas le cœur d'en rajouter.

Ou, pour être honnête, pas le courage. Ma Pire Pote est terrifiante quand elle se met en colère. Et je vois clairement, en cours, le jeudi et le vendredi, qu'elle n'a pas encore lu le scénario.

Je choisis plutôt de ranger ma chambre et de préparer un énorme gâteau au chocolat pour qu'elle puisse noyer son chagrin dans un environnement apaisant. J'ai disposé des magazines de mode par ordre alphabétique sur ma couette et aligné toutes mes chaussures à angle droit par rapport au lit parce que je sais que ça la calme. J'ai même élaboré une présentation PowerPoint, au cas où. Il s'avère que traire les serpents signifie extraire leur venin et que c'est effroyablement dangereux, si bien qu'après réflexion j'ai retiré ce métier de la liste.

Puis je m'assois avec un livre et j'attends.

Et j'attends.

Enfin, à 2 heures moins 5 le samedi – alors que je suis à la moitié d'un sandwich au fromage et du chapitre 16 des *Grandes Espérances* de Dickens, Annabel me crie dans l'escalier : « Harriet ? Chérie, Nat est là pour t… »

Et la porte de ma chambre s'ouvre d'un coup, et Nat fait irruption telle une tornade de bras, de jambes, de manteau et de sac, bref telle une grenade de concentré de fille.

« Non ! Mais ! Quoi ! » crie-t-elle en jetant des petits morceaux de papier rose sur le lit devant moi. Je cesse de mâcher. « Je suis un *crâne* ? Je vais commencer ma carrière d'actrice en remplaçant un accessoire qu'ils auraient pu prendre dans l'armoire du labo de physique ?

– Je crois que le squelette en plastique se trouve dans le labo de SVT, en fait, dis-je en posant mon sandwich. Nat, je ne savais pas comment te le dire.

– Arrrgh ! » braille-t-elle en se laissant tomber à côté de moi sur le lit. Sans un mot, je coupe une part de gâteau et la lui tends. « J'ai relu le script trois fois, Harriet. Apparemment, Chris doit simplement me tenir la tête en déblatérant n'importe quoi. Ce n'est pas un rôle, ça, c'est un rencard foireux ! »

Elle engouffre une part de gâteau au chocolat et se met à mâcher avec frénésie. Je lui frotte le bras et pousse doucement *Grazia* vers elle du bout de l'orteil.

« Tu sais, continue-t-elle la bouche pleine, c'est pour ça que l'industrie du cinéma est fichue en Angleterre. Pas étonnant qu'Emma Watson doive jouer tous les rôles. Ils ne donnent leur chance à personne d'autre.

– Quels crétins ! Ils ne savent pas ce qu'ils perdent, dis-je farouchement en secouant la tête.

– Qu'est-ce que je vais faire ? »

Je bondis pour allumer mon ordi portable.

« Ah ! Excellente question, je te remercie de l'avoir posée, car j'ai justement trouvé quelques options qui me semblent…

– Je pourrais demander à être la doublure de Raya. Comme ça, si par hasard elle tombait malade, je récupérerais le rôle d'Ophélie et… »

Oh, non. Nat est capable d'intoxiquer quelqu'un avec des palourdes pour s'en débarrasser. Cela s'est déjà vu.

« Je ne suis pas sûre que Raya soit allergique aux fruits de mer, Nat.

– Elle doit bien être allergique à quelque chose ! » Je hausse les sourcils. « Et ne me regarde pas comme ça,

Harriet. Je ne te parle pas d'une allergie mortelle. Juste quelques heures de tremblements et de sueurs froides. Je ne vais tuer personne !

– Je doute que tu puisses assurer une surveillance médicale suffisante pour que ce soit moralement acceptable. »

Nat soupire.

« Donc ! dis-je en appuyant sur une touche pour projeter sur le mur blanc en face de nous l'image colorée d'un toboggan aquatique, j'ai pensé que… »

Nat mâche maintenant avec plus de soin. « Non, dit-elle lentement. En fait, c'est pas grave. Je vais être un crâne. Je serai le meilleur crâne qui ait jamais existé. Je vais être tellement formidable que quelqu'un voudra écrire un spin-off sur cette Yorick rien que pour me faire jouer dedans.

– *Ce* Yorick.

– Bref. » Elle pose sa part de gâteau. « Je vais totalement m'approprier la pièce. »

Je lui souris largement. « Bravo ! Ça, c'est la bonne attitude ! » dis-je en pressant encore une touche. Une énorme photo d'ours en peluche illumine le mur. « Et si tu as besoin d'un plan B, tu peux toujours…

– Il n'y a pas de plan B, déclare Nat d'un air sombre en regardant le mur. Il n'y a que le plan A. »

Je l'observe avec consternation. Elle commence à ressembler au méchant dans une bande-annonce de *Batman*.

« D'accord, mais… »

Elle secoue la tête, catégorique. « Il suffit que je me plonge dans le rôle, c'est tout. On a une répétition lundi soir et je suis privée de sorties pour le restant du week-end, mais mardi, on pourrait mener des recherches sur les crânes célèbres ? Ça pourrait m'aider à cerner le personnage.

– Oooh ! » fais-je avec joie en refermant mon ordi. Ça, c'est mon rayon. « Tout à fait ! Il y a le crâne de Geronimo : volé dans sa tombe en 1918. Et celui de Damien Hirst, couvert de diamants, et puis les crânes en cristal de la civilisation mésoaméricaine antique, réputés dotés de pouvoirs surnaturels, et… » Je m'arrête. Nom d'une sucette. « Je ne peux pas. J'ai un, euh… un shooting pour le magazine *Brink*.

– *Brink* ? s'exclame Nat en prenant une revue sur mon lit pour la brandir. LE *Brink* ?

– Je crois qu'on dit juste *Brink* », fais-je en acquiesçant d'un air piteux.

Il y a le plus bref des silences, puis Nat blanchit, puis rosit, puis prend une teinte mauve pâle, puis une étrange nuance verdâtre. Je regarde ma meilleure amie changer de couleur comme Violet Beauregarde dans *Charlie et la Chocolaterie*, le cœur bourrelé de remords. Dix ans. Dix ans à lui tirer sur les mains et les pieds pour la rendre plus longiligne, et il a suffi que je trébuche dans un stand de chapeaux pour que son rêve soit piétiné et qu'elle se retrouve le bec dans l'eau.

« Je suis désolée, dis-je d'une toute petite voix. Ça tombe vraiment mal. »

Mais Nat se ressaisit, passe un bras autour de mes épaules et reprend lentement une couleur normale. « Ne sois pas ridicule, Harriet. C'est génial, je suis hyper fière de toi. »

Soudain, j'ai du mal à avaler ma salive. Voilà tout le problème. Il ne s'agit pas d'une pièce. Ni d'un shooting. Ni d'un garçon, d'une fille ou d'un crâne dans une armoire.

Mais d'une amie.

Le genre d'amie qui n'hésite pas à souffrir pour vous, et pour qui on n'hésite pas à souffrir en retour.

« Mais tu pourrais peut-être venir avec moi ? Enfin, si ça te dit… » Je ne sais pas si c'est une bonne idée, ou si c'est comme déguster un steak sous les yeux d'un lion affamé.

Les yeux de Nat s'agrandissent. « Tu crois ? Je pourrais ? Vraiment ? Tu plaisantes ? Ça ne te dérangerait pas ?

– Bien sûr que non, Nat ! Ce serait super que tu m'accompagnes. »

Parce que c'est vrai, ce serait super. Je vais peut-être avoir quelqu'un pour me tenir la main, tout compte fait.

20

Bon, je sais bien des choses sur Shakespeare.

Je sais que :

• Il a utilisé 31 534 mots différents pour écrire 37 pièces de théâtre et 154 sonnets.

• 1 700 de ces mots étaient des inventions de sa part.

• Le seul exemple subsistant de son écriture est son propre nom…

• … qu'il n'a pas orthographié une seule fois *William Shakespeare*.

Rien de tout cela ne m'est d'aucune aide pendant notre première répétition. De fait, je suis à peu près certaine que cela aggrave plutôt les choses.

« Bien ! dit Mlle Hammond alors que nous formons un cercle autour d'elle, gauches et empruntés. Le secret à retenir, quelle que soit la pièce à jouer, est que ce n'est pas une question de mots.

– Mmm, fait M. Bott, qui bouquine dans un coin. Dommage que personne n'ait prévenu Shakespeare.»

Mlle Hammond lui jette un bref regard.

« Une pièce, continue-t-elle, en se retournant vers nous et en faisant tinter ses bracelets, est avant tout une question d'expression. D'émotion. Il s'agit de ressentir l'histoire, dans votre cœur, dans la moelle de vos os, dans votre âme même.

– Et de l'exprimer avec des mots.

– Merci, M. Bott. Donc, mettons de côté ces mots qui nous embêtent pour aujourd'hui, voulez-vous ? Il est temps de nous laisser aller à être. De nous lâcher et de laisser ces belles émotions irradier de nous comme le soleil.»

Je jette un coup d'œil à M. Bott. Je suis avec lui, sur ce coup-là. Le Soleil dégage une puissance d'environ 386 milliards de milliards de mégawatts. S'il sortait de nous, on serait au courant.

«Je ne comprends pas bien, chuchote Mia. Ça veut dire qu'on va faire du mime ?

– Tout le monde, accroupi par terre ! s'écrie alors Mlle Hammond en écartant ses mains fraîchement tatouées au henné. Vite !

– C'est une blague ? rouspète Nat à voix basse. Un pantalon tout neuf !

– Hamlet ne s'accroupit pas. Hamlet est de sang royal », se lamente Christopher en croisant les bras. Il porte toujours son col roulé noir.

« Elle a dit : tout le monde ! tranche M. Bott d'une voix forte. Baisse-toi tout de suite, Christopher, et cesse de parler de toi-même à la troisième personne. »

Christopher s'accroupit en ronchonnant.

« Pas étonnant que je finisse par tuer tout le monde », grommelle-t-il.

Mlle Hammond, pour sa part, nous sourit avec conviction. « Bien ! Roulez-vous en boule, faites-vous aussi petits que possible. Vous êtes le bouton d'une fleur délicate qui va grandir. Enracinez-vous profondément dans le sol et trouvez l'émotion de votre personnage. Absorbez-la comme de l'eau. »

Le menton collé sur les genoux, je regarde Nat. Elle mime le fait de boire à la paille, recroquevillée comme une petite gerbille, et nous commençons à ricaner tout bas, le nez contre nos pantalons.

« Maintenant, déployez vos feuilles, lentement, et élevez-vous vers la lumière de la vérité des émotions. »

Tout le monde se met maladroitement à tendre les bras et à les agiter comme des nageoires de poisson. « Mademoiselle, se plaint Raya, les feuilles de Noah n'arrêtent pas de toucher les miennes.

– Garde tes feuilles pour toi, Noah, intervient sèchement M. Bott.

– Voilà, c'est bien, nous encourage Mlle Hammond, tout sourire, passant entre nous en agitant les doigts et en faisant tinter ses colliers. Et maintenant étirez-vous, plus haut, toujours plus haut, et faites grandir votre personnage en vous. Ressentez-le en vrai. »

Oui, je le sens en vrai. Les muscles de mes cuisses ne sont pas du tout assez forts pour tenir cette position aussi longtemps.

Je retombe lourdement par terre.

Nat se remet à pouffer, sans cesser de remuer les bras comme les filles qui jouaient du tambourin dans les années soixante.

« Grandis ! me chuchote-t-elle en gloussant. Grandis, petit bouton !

– Je crois que je tiens plutôt de la graine germée, je lui réponds, en riant un peu par le nez.

– Et maintenant, debout ! lance Mlle Hammond en pirouettant sur elle-même. Et réalisez tout votre potentiel. Vous êtes un arbre. Vous êtes la force et le courage. Vous êtes extraordinaires.

– Je croyais qu'on était des fleurs, dis-je en me relevant

péniblement. Comment est-ce qu'on peut être en même temps des arbres ? Il nous faudrait beaucoup plus de tissu fibreux.

– Tu es une fleur qui s'est transformée en arbre, me répond M. Bott avec agacement. Ne remets pas en cause le processus, Harriet. Accepte le fait que biologiquement ça n'ait aucun sens, et fais-le, c'est tout. »

J'acquiesce, penaude. « Pardon, monsieur. »

Nous nous levons tous et agitons bêtement nos branches pendant quelques minutes, le temps d'« accéder à l'honnêteté de notre moi fictif spirituel ».

« Voilà ! C'est ça ! clame gaiement Mlle Hammond alors que Kira commence à se plaindre d'avoir mal au tronc et que les branches de Noah redeviennent baladeuses. Et maintenant, laissez tout sortir ! Est-ce que ça ne fait pas du bien ? »

Quatre personnes se rallongent par terre. « J'ai mal à la tête, mademoiselle, geint Ben. Je crois que je n'ai pas bu assez d'eau imaginaire.

– Voulez-vous qu'on fasse une lecture du texte entier maintenant, mademoiselle Hammond ? demande calmement M. Bott. Ou bien ces mots idiots risquent-ils de tout gâcher ? »

Mlle Hammond parcourt la pièce des yeux, les joues roses de plaisir. « Je crois que nous avons assez travaillé pour aujourd'hui, non ? Il est clair que tout le monde s'est bien connecté avec les émotions de son moi profond, et c'est ce qui compte. »

M. Bott se lève alors, et pose son livre.

« Oh, mais tout à fait. Quand le proviseur demandera pourquoi *Hamlet* s'est transformé en jardin botanique muet, c'est ce qu'on lui répondra. »

Sur ces mots, il enfile son manteau et sort en claquant la porte.

« On peut partir, maintenant ? s'enquiert Kira d'une voix lasse.

– Absolument ! lui répond Mlle Hammond, toujours aussi gaie. Rentrez chez vous et profitez de cette belle soirée de printemps ! C'était très bien, tout le monde ! Le Barde serait fier de vous ! »

Et là, il faut que je sois honnête. Avec tout ce que je sais sur Shakespeare, je crois pouvoir dire sans me tromper que cette dernière affirmation était erronée.

21

Très franchement, le lendemain, en cours, je galère un peu. En partie parce que j'ai des courbatures dans les jambes, en partie parce que je trimballe désormais ma trousse et mes livres dans l'ancienne mallette en cuir d'Annabel, et en partie parce que Nat est tellement surexcitée par le shooting pour *Brink* qu'elle me bombarde de questions non-stop.

« Et ça se passe où ? me demande-t-elle pendant l'appel. Qui est le photographe ? Quel styliste ? Quel est le thème ? »

« Ce sera publié quand ? » veut-elle savoir pendant la première récréation.

« Tu vas être payée combien ? » se renseigne-t-elle pendant la pause déjeuner.

Récré de l'après-midi : « Je pourrai prendre les photos en photo ? »

Avant d'entrer en physique : « Tu crois que ma robe bleue et mes escarpins jaunes, ça ira ? »

Après la physique : « Et mes cheveux ? Tu crois que je devrais les laisser détachés, ou me faire un chignon, ou... Hé, tu vas où ?

– Loin, dis-je d'un air las. Tu es ma meilleure amie au monde et je t'adore, Nat, mais tu me prends la tête, là. »

Sérieusement : depuis aujourd'hui, je comprends enfin à quel point je dois agacer les autres en exigeant sans cesse des réponses à tout. Surtout quand ils ne connaissent pas lesdites réponses.

« Pardon ! lance-t-elle en me courant après. Pardon, pardon. C'est juste que... C'est mon premier shooting, Harriet ! C'est comme... être Buzz Aldrin sur la Lune, je ne sais pas !

– C'est Neil Armstrong qui a fait le premier pas sur la Lune, Nat.

– Exactement : moi, je suis le deuxième. Celui qui dit : "Alors, Neil, c'est comment là-bas ?", et Neil me répond : "Viens voir toi-même si t'es un homme !" »

J'éclate de rire. « Je ne suis pas Armstrong, Nat. Je ne m'y connais pas plus que toi.

– Bien sûr que si. Est-ce qu'ils t'ont donné une *call sheet* ? Je me demande s'il y aura une *pull letter*, et si le shooting sera en conditions brutes, à moins qu'ils n'aient un LOR. Quoi qu'il en soit, ça va être génial pour ton DP.»

Je regarde bêtement Nat pendant quelques secondes. Le njerep est une langue du Nigeria, qui n'est plus parlée que par six personnes dans le monde. Nat aurait eu plus de chances que je la comprenne si elle l'avait choisie comme mode d'expression.

« Correction : je m'y connais bien moins que toi. Je veux dire : carrément moins bien.»

Nat éclate de rire. « Tu veux qu'on se retrouve à la gare ? Il faut que je prépare mes affaires. Je prends un bloc-notes, un stylo, un appareil photo, et du fil et une aiguille, au cas où, et…»

C'est peut-être la première fois de nos vies entières que Nat ressemble à une geek. Je le savais, qu'à un moment ou à un autre nos chemins se croiseraient ! Comme un diagramme de Venn, avec un ensemble « cool » et un ensemble « nerd » : il y a toujours une intersection quelque part entre les deux.

« Rendez-vous à 5 heures », lui dis-je en mordant dans un reste de beignet que je viens de retrouver au fond de ma mallette.

Ma meilleure amie regarde fixement mon beignet, puis la confiture qui coule sur mon cardigan.

«Je n'en reviens pas d'avoir passé dix ans à manger

du céleri, dit-elle tristement en tendant la main. Quel gâchis.»

Je lui donne le reste de mon beignet et j'acquiesce : je suis bien d'accord. Je ne crois pas à l'existence d'un vaste planificateur cosmique, mais si j'y croyais, je dirais qu'il a un sens de l'humour bien cruel.

22

Le shooting pour *Brink* a lieu dans un immeuble abandonné.

Et quand je dis « abandonné », c'est au sens le plus littéral du terme. Il n'y a pas de vitres aux fenêtres. Certains murs sont tombés, et il manque des morceaux à quelques portes. Il y a des gravats par terre, du plâtre un peu partout, et pour atteindre le deuxième étage il nous faut grimper avec précaution un escalier en colimaçon en fer branlant qui semble tenir debout par miracle.

« C'est trop cool ! dit Nat avec un soupir de bonheur. Tellement pointu ! »

Je promène autour de moi un regard sceptique. C'est pointu, ça oui. Nous avons sûrement de grandes chances de choper une infection en nous piquant sur quelque chose. Les seules raisons pour lesquelles mes parents m'ont laissée venir sans eux sont que je leur ai promis que Wilbur serait présent, ainsi que Nat, et que je serais de retour à la maison à 20 heures. Si jamais j'attrape le tétanos, Annabel traînera tout le monde devant les tribunaux. Sans exception.

« Je ne suis pas sûre qu'on soit à la bonne adress…

– Koala-Citrouille et son acolyte ! s'écrie une voix. Vous êtes là, enfin ! Je commençais à croire que vous vous étiez volatilisées dans le néant, comme mon oncle Bert dans les années soixante. »

Nat s'empresse de lisser sa jupe. « Je suis comment ? » me chuchote-t-elle alors que Wilbur sort de derrière un tas de briques désintégrées, dans une combinaison intégrale jaune qui lui donne l'air d'une sorte de papillon urbain fluo.

« T'es parfaite.

– Ma petite Poupinette, dit Wilbur en prenant la main de Nat pour lui faire une profonde révérence. Est-ce que tu es mignonne ? Pas la peine de répondre, c'était une question rhétorique. Tu es aussi mignonne que le plus minuscule bitoniau du monde. »

Nat sourit tellement que son visage entier semble sur le point de se fendiller et de tomber.

« Merci beaucoup.

– Quant à toi… » Mon agent pivote pour me regarder de la tête aux pieds. « Est-ce que c'est de la confiture, ça,

Grenouillette-Chérie, ou te serais-tu légèrement fait assassiner en chemin ? »

Avec le recul, je me dis que j'aurais dû mettre autre chose que mon uniforme de lycéenne encroûté de beignet. « J'ai eu beaucoup de devoirs à faire, dis-je en guise d'explication.

– J'a-dooore ! Tellement expressif ! Fraise ou framboise ?

– Framboise.

– Un classique, absolument ! Et le sucre ! On dirait des petites étincelles comestibles ! Un coup de génie ! »

Il tape dans ses mains, puis nous prend toutes les deux par les épaules et nous traîne de l'autre côté de la cloison.

Et soudain, tout change.

Disparus, le bazar et les fragments de briques ; disparus aussi, le voile de poussière et les gravats. À leur place, nous trouvons un havre de paix et de propreté.

Tout est d'un blanc éblouissant.

Le sol est blanc, les plafonds sont blancs, les murs sont blancs. Au centre, une immense feuille de papier blanc pend du plafond et couvre la moitié de la pièce – tellement immaculée qu'on dirait la première neige du matin.

Et au milieu de tout ce blanc, il y a d'énormes projecteurs chromés, des malles noires, des disques couleur or et argent et des parapluies noirs.

« Oh, mon Dieu, souffle Nat entre ses dents, c'est exactement le paradis ! »

Elle n'a pas tort. En tendant bien l'oreille, je suis sûre qu'on pourrait entendre de la harpe (mais de la harpe *fashion*).

« Venez ! » nous lance Wilbur en nous entraînant dans une petite pièce à part, garnie d'un immense miroir bordé d'ampoules blanches. Il y a des vêtements partout : sur des portants, sur des tables, sur des chaises. Les chaussures sont alignées par terre telle une armée stratégique, des sacs à main pendent délicatement à des cintres tels des petits singes, et une console à roulettes croule sous les cosmétiques.

Je déglutis, la gorge serrée.

Il paraît que les rats n'ont pas les connexions neuronales nécessaires pour vomir : les nerfs de leur bouche, de leur gorge et de leurs épaules ne sont pas assez développés pour qu'ils puissent dégobiller. C'est peut-être la première fois de ma vie que je voudrais être un rat.

Nat émet une sorte de faible gémissement.

« Gucci », murmure-t-elle avec vénération, entrant en courant dans la pièce les mains tendues devant elle comme si elle essayait de faire léviter les objets rien que par la pensée. « Prada. Mulberry. Armani. Ralph Lauren. » Elle commence à hyperventiler. « Wow-wow-wow-wow-wow, une minute… c'est un vrai Chloé, ce sac ? »

Wilbur lui sourit, la guide doucement vers une chaise

et lui tend un verre d'eau. Puis il se tourne vers moi. « Bon, on te réserve une vraie belle surprise aujourd'hui, mon petit Gâteau-aux-noix-de-cajou. »

J'acquiesce nerveusement. « Mmm.

– Ça va être tellement frais que ça va se tortiller par terre en cherchant de l'air. *Comprendes ?*

– Pas vraiment », dois-je avouer.

Une femme en gilet blanc et jean slim noir entre alors à grandes enjambées dans la pièce. « Carotte ! » crie-t-elle d'une voix rauque. Puis, sans ajouter un mot, elle ressort tout aussi vite.

Je regarde autour de moi, un peu perdue – je ne vois pas beaucoup de végétation par ici –, puis je pique un fard. Est-ce à moi qu'elle parlait ?

Carotte ?

Ce n'est pas très poli, comme manière de saluer quelqu'un qu'on ne connaît pas.

« Est-ce que c'était... » Le visage de Nat n'est plus qu'un grand O. « Est-ce que c'était... Adrianna Bell ?

– Sans aucun doute, réplique Wilbur, radieux. Elle-même, en chair et en os. Maintenant, vous voyez ce que je veux dire ?

– Oh, waouh ! fait Nat avec ferveur, joignant les mains et regardant au plafond. Harriet, quelle veinarde ! »

J'ai un sourire hésitant.

Je sais beaucoup de choses. Je sais que les émeus pondent des œufs vert émeraude. Je sais que l'ingrédient qui rend les choux de Bruxelles amers est le cyanure et qu'une goutte de pluie tombant dans la Tamise traversera le corps de 8 personnes avant d'atteindre la mer.

Mais je n'ai pas la moindre idée de qui est Adrianna Bell. Et je ne peux pas m'empêcher de penser que là, maintenant, j'échangerais volontiers toutes mes connaissances contre ne serait-ce qu'une vague idée de ce qu'elle attend de moi.

23

Voici quelques informations inté-
ressantes à propos de l'orange :

1. Le fruit a précédé la couleur.

2. Il tient son nom de l'arabe *naranji*, qui est devenu *narange* quand le fruit est arrivé en Angleterre au XIVe siècle, avant que le N du début soit abandonné et que le A devienne un O.

3. Il faut 50 verres d'eau pour faire pousser les oranges permettant de remplir un verre de jus.

4. Le mot « orange » a été utilisé pour la première fois comme nom de couleur en 1542.

Toutes ces informations, je les raconte à la maquilleuse, parce que je suis littéralement couverte d'orange.

Au cours de l'heure qui suit, mes yeux sont peints en orange vif. Mes lèvres, rendues orange vif. Mes ongles sont orange, et mes joues poudrées d'un blush orangé. Mes immenses faux cils sont des plumes orange avec des petites paillettes orange, et une longue ligne de strass orange appliquée à la colle souligne la courbe de mon dos et de ma nuque.

Mes cheveux aussi sont orange, mais cela n'a rien à voir avec la maquilleuse. Ça, c'est dû à la loterie à laquelle ont joué mes parents avec leurs gènes récessifs MC1R.

Enfin, on me fait entrer dans une minuscule robe orange qui tombe toute droite, comme un sac doux et flottant.

« Tu es sublime », soupire Nat en joignant de nouveau les mains. Cela fait une heure qu'elle rôde autour de la maquilleuse comme un papillon de nuit autour d'une ampoule, en postant des questions telles que : « Alors c'est au pinceau qu'il faut appliquer le fond de teint ? » ou « Est-ce que ça vaut vraiment la peine d'investir dans un sérum ? »

« Dans l'art chinois du feng-shui, l'orange est la couleur de la volonté et de l'organisation, dis-je en me penchant avec curiosité vers mon reflet dans la glace. Je me sens en effet très organisée, là. »

Puis je me penche encore un peu plus.

La lycéenne mal dans sa peau a disparu ; les yeux sans cils, aussi ; idem pour les taches de rousseur. La seule chose que je reconnaisse, c'est mon nez pointu, et encore :

même lui semble avoir été légèrement retaillé, grâce à l'application astucieuse d'ombres foncées.

« Carotte ! braille Adrianna à travers la cloison. On est prêts, on t'attend, Carotte ! »

M'enfin ! Adrianna est peut-être une photographe couverte de prix et adorée des célébrités, elle pourrait quand même travailler un peu sa politesse. Ce n'est pas comme ça qu'elle va se faire aimer d'une adolescente.

« J'arrive ! » dis-je en tremblant tandis que Nat me tape dans la main. Je regagne prudemment, pieds nus, la pièce blanche.

Et je m'arrête net.

La feuille blanche suspendue au plafond a disparu, remplacée par un fond orange pâle semé de grosses carottes peintes, orange vif.

Oui, des carottes, le légume racine bien connu. Celui que mon père continue de mettre dans ses ragoûts alors qu'elles sont tellement cuites et recuites que la chaleur en a détruit toute la vitamine C et qu'elles ne présentent donc plus aucun intérêt.

Adrianna me toise fixement. « La voilà. Ma carotte. » Elle serre mon visage entre ses mains, si fort qu'il prend la forme d'une patate. « J'ai su que tu étais une carotte à l'instant où je t'ai vue, Harriet. Tu es carotte à un point insensé. »

J'ouvre et je referme la bouche plusieurs fois.

« Pardon ?

– Je n'ai pas eu le choix ! lance-t-elle joyeusement. J'ai vu ta photo, et *bam* ! Carotte ! Ne cherchez plus ! Personne d'autre ne conviendra ! C'est elle ! »

Je me renfrogne en regardant le décor, puis baisse les yeux sur ma tenue. Les éléments du puzzle commencent à se mettre en place. Pas rapidement, ni d'une manière qui ait un sens, mais avec une relative logique tout de même.

« Regarde, me dit-elle en me traînant par la main jusqu'à un ordinateur portable. On a déjà fait Framboise et Banane. Poire a été cauchemardesque – quelle diva, celle-là ! – et Brocoli était un peu rigide, mais dans l'ensemble ça s'est bien passé. *Brink* va adorer. »

En quelques clics, elle fait apparaître à l'écran des images vivement colorées. Une belle fille aux cheveux jaune pâle et au maquillage jaune vif, debout devant un décor de bananes luisantes. Un garçon de profil, au teint pâle et coiffé d'une crête de cheveux verts, devant des inflorescences vertes. Une fille aux lèvres rose vif et à la coiffure afro rose, et une autre aux yeux soulignés d'un gros trait noir avec une coupe au bol vert pomme.

Qui aurait cru que la mode pouvait être aussi littérale ? Et nutritive, aussi. On dirait une campagne d'affiches « manger-bouger ».

Toujours muette comme une carpe, je me laisse guider jusque devant la toile de fond, où je passe d'un pied sur l'autre comme une godiche pendant qu'Adrianna effectue des réglages et déplace quelques projecteurs.

« Elle n'a pas de chaussures ? demande-t-elle soudain, les sourcils froncés.

– Je ne savais pas lesquelles vous vouliez, lui crie la maquilleuse depuis la loge. On a les Miu Miu orange ou les McQueen orange. »

Deux mains les tiennent en l'air, dépassant de la porte. Les deux paires sont abominablement hautes. À moins qu'ils ne veuillent me photographier allongée par terre, je doute que ce soit une bonne idée.

« Hummm... », fais-je, la gorge nouée. Et à ce moment-là, Nat apparaît, les joues colorées.

« Ou des vertes ? suggère-t-elle en brandissant une paire de chaussures vert laitue à tout petits talons. Ces Blahnik fonctionneraient à fond, non ? Je veux dire, les carottes ont des feuilles vertes, pas vrai ? »

Il y a un silence.

« Qui est-ce ? » demande Adrianna, sans s'adresser à personne en particulier, tout en se retournant lentement.

Nat se redresse, et je la vois passer en mode guerrière : menton pointé, paupières plissées. « Je suis Natalie Grey, lance-t-elle sur le ton du défi.

– Eh bien, qu'est-ce que vous attendez ? Apportez-les au mannequin. »

Les joues de Natalie deviennent roses de joie, et elle hésite quelques secondes avant de courir vers moi. Je pourrais l'embrasser ! Les talons ne font pas plus de cinq centimètres.

« Je me suis dit que ce serait plus facile pour toi, me glisse-t-elle à l'oreille quand je lui prends les chaussures des mains.

– Je t'adore.

– Moi aussi. » Elle me fait un clin d'œil.

« Bien ! lance Adrianna pendant que Wilbur s'adonne à une sorte de tai-chi dans le fond pour fêter ça. Allons-y. »

Et c'est ce que nous faisons.

24

Contre toute attente, le shooting se passe très bien.

Apparemment, tout ce que j'ai à faire, c'est trouver la carotte en moi, et sans vouloir sembler prétentieuse, ce n'est quand même pas la mer à boire. Je balance mon sac à main et me promène d'un bout à l'autre de la pièce. Je regarde dans le vide comme si j'avais oublié ce que j'allais dire. Je saute en l'air, une jambe sur le côté. Je me retourne et regarde par-dessus mon épaule, ce qui fait que la ligne de strass dans mon dos est toute tordue. Et, pendant que je me recroqueville et m'étire, que je pivote et m'étends (je ne tombe que deux fois), je ne peux pas m'empêcher de me demander si Adrianna n'est pas de mèche avec Mlle Hammond depuis le début. Je suis devenue en un rien de temps une imitatrice de végétaux professionnelle.

Enfin, Adrianna pousse un cri de victoire, me dit que nous en avons terminé, et la maquilleuse me nettoie et me désorangifie.

Puis Nat et moi rentrons à la maison.

« Tu sais, ce n'était pas du tout comme je l'avais imaginé », me confie-t-elle, songeuse, lorsque nous atteignons le banc du coin de ma rue.

Elle n'a pas dit grand-chose pendant tout le trajet ; elle s'est contentée de défaire et refaire les lacets de ses bottes sans raison apparente.

« Moi non plus », dis-je avec sincérité. Je ne sais pas bien ce que j'attendais cette fois du monde glamour du mannequinat, mais je ne m'attendais pas à incarner la portion la plus colorée de la devise « cinq fruits et légumes par jour ».

Nat prend une expression très sérieuse. « Je veux dire… j'ai toujours voulu être mannequin, Harriet. Toujours. Mais en fait, après avoir été là-bas… je ne suis pas sûre que je saurais m'y prendre.

– Oh, mais si ! Ça n'a vraiment rien de sorcier ! Il paraît que l'être humain ne peut exprimer que quatre émotions de base, et on n'en a même pas besoin pour poser. »

Nat en utilise une pour me sourire.

« D'accord, disons que je ne suis pas certaine que j'aimerais ça. Ça va te sembler bizarre, mais j'ai l'impression que quelque chose m'a… quittée. S'est évaporé. Ou que c'est mort, d'une certaine manière. Il y a une éternité que je ne m'étais pas sentie aussi légère. Des mois. Des années.»

Je la soupèse du regard pendant quelques secondes.

«Je ne crois pas que tu aies changé de poids, Nat. À la limite, tu es un peu plus lourde : je crains que tu aies digéré ce beignet, depuis tout à l'heure, et qu'il t'ait sauté aux hanches.» Puis je lui tire la langue.

«Le tien t'a carrément sauté au cou !» Elle montre la tache de confiture qui orne toujours mon cardigan et se met à rire. Puis elle me prend par le bras et s'appuie contre mon épaule. «Merci. Vraiment.

– De quoi ?

– De m'avoir montré ce que je ne voyais pas avant.»

Et après m'avoir fait une bise, elle sourit encore un peu plus et gambade jusqu'à sa maison, ses cheveux bruns et brillants ondulant dans son dos.

25

Les répétitions commencent pour de bon le lendemain.

M. Bott et Mlle Hammond se sont apparemment disputés en salle des professeurs, car, lorsque nous nous retrouvons dans l'après-midi, notre prof de théâtre est très silencieuse et notre prof d'anglais est assis sur une chaise au milieu de la salle, les bras croisés.

Traditionnellement, les tribus du monde entier ont toujours utilisé l'ornementation corporelle pour affirmer leur statut social. Au vu de la réduction drastique du nombre de colliers portés par Mlle Hammond, on dirait bien qu'elle a décidé de suivre cette tradition.

« Bien, lance sèchement M. Bott. Ai-je raison de supposer que vous vous êtes suffisamment lâchés pour commencer à réellement travailler *Hamlet* ? »

Un grommellement général parcourt la salle.

« N'oubliez pas que le texte a subi des coupes significatives, précise Mlle Hammond en agitant les bras.

– Oui, acquiesce M. Bott. Et je suis sûr que si Shakespeare avait assisté aux auditions, il n'aurait pas fait autre chose. » Un soupir. « On commence à "Le roi est mort", et on enchaîne ? »

Nous nous mettons à piétiner et à patauger dans le texte avec une rigidité telle que je me demande si nous n'avons pas un peu trop bien trouvé notre tronc d'arbre intérieur. Pendant ce temps, je fais quelques révisions de physique. Pas besoin d'une grande concentration pour dire : « Oui, monseigneur » de temps à autre, et je mets à profit le reste de mon temps pour apprendre les variations de longueur des ondes électromagnétiques. Cela ne plaît pas trop à M. Bott, mais il ne peut pas me faire des reproches : Yorick lit *Vogue*, et Ophélie n'arrête pas de se regarder dans un petit miroir, « pour voir quelle forme ont mes lèvres quand je parle », dit-elle.

Enfin vient le tour de Nat. Je pose mon livre et relève la tête avec curiosité. Christopher s'avance et décrit quelques cercles, un pan de sa chemise blanche dépassant de son pull comme s'il était un pingouin au look savamment négligé. Puis il met un genou au sol, où Nat attend, allongée, parfaitement immobile.

«*Hélas! pauvre Yorick!*» dit-il d'une voix peinée à Mia, tout en tenant doucement le visage de Nat entre ses mains. «*Je l'ai connu, Horatio! C'était un garçon d'une verve infinie, d'une fantaisie exquise; ici pendaient ces lèvres que j'ai baisées, je ne sais combien de fois.*»

Et là, il se penche et embrasse Nat sur la bouche.

Je n'ai jamais vu personne réagir aussi vite. Surtout quelqu'un qui est censé être mort.

«Hein?! crie-t-elle en bondissant et en s'essuyant la bouche sur sa manche. C'est pas dans le script, ça!

– C'était de l'impro, lâche Christopher avec un haussement d'épaules. J'ai bien senti le moment.

– Je vais t'improviser la tronche, moi! braille Nat en se jetant sur lui. Tu vas voir comment j'improvise!»

Mlle Hammond s'interpose rapidement.

«Bon. Christopher, je ne vois pas Hamlet embrasser un crâne fraîchement sorti de terre, si?

– Il pourrait, s'obstine Christopher. On ne sait pas ce que faisaient les gens au Danemark il y a quatre cents ans.

– La prochaine fois, je te mords! s'égosille Nat en se débattant pour l'atteindre. Tu me touches encore une fois avec tes lèvres, et tu les perds!

– Très bien, très bien, répond-il en levant les mains. Mais c'est dommage. On voit que tu n'es pas aussi artiste que moi.»

Nat le foudroie du regard. « Je vais t'en montrer, de l'art, mon pote », grogne-t-elle avant de se rallonger lentement par terre.

Christopher se racle la gorge et poursuit son monologue.

Puis Hannah, Noah, Rob et moi faisons lourdement entrer Raya en la portant, chacun de nous lui tenant un mollet, un poignet ou un bout d'épaule. Personne ne semble s'étonner que, grâce à la fameuse fusion-efficacité de Mlle Hammond, les porteurs du cercueil aux funérailles d'Ophélie soient trois morts et un prêtre.

Nous la laissons plus ou moins tomber par terre, et la fiancée morte d'Hamlet émet un *aïïïe* tout à fait audible.

« *Mettez-la dans la terre*, récite Max avec raideur. *Et puisse-t-il de sa belle chair immaculée éclore des violettes !*

– *Fleurs sur fleur !* confirme Kira d'une voix morne en jetant sur Ophélie des morceaux de tissu en guise de fleurettes. *Adieu !* »

Puis l'action démarre vraiment : Hamlet et Laërte se battent un peu dans la tombe. Résultat : Ophélie se fait marcher sur le doigt, et nous la traînons dans un coin alors qu'elle se plaint encore, pour que l'affrontement final puisse avoir lieu.

Dix minutes plus tard, dix élèves morts gisent en tas par terre, en mettant plus ou moins de bonne volonté à feindre la cessation d'existence. Ophélie se lime un ongle,

Laërte et le roi Claudius bavardent à voix basse, le pied de Gertrude tressaute, et Hamlet serre sa propre gorge, ce qui, à mon avis, n'est pas possible quand la *rigor mortis* commence à s'installer.

On m'a forcée à m'allonger, moi aussi, malgré mes protestations véhémentes puisque je suis censée être en train de voguer vers la France en ce moment et qu'il y a peu de chances qu'on ait pris la peine de ramener mon corps jusqu'au Danemark rien que pour cette scène. Personnellement, il est clair que je l'aurais jeté par-dessus bord.

« Mais ça a plus d'impact, argumente Mlle Hammond. Plus il y a de cadavres à la fin, plus ce sera triste. » Elle fait signe à Rob, Hannah, Noah et Nat. « Tenez, venez donc vous allonger aussi.

– Mais je ne suis même pas morte, mademoiselle, se lamente Hannah. Je suis une des seules survivantes, quoi.

– Personne ne s'en souviendra, ne t'en fais pas », lui assure Mlle Hammond.

Hannah soupire et s'allonge avec nous.

« *Oh, JE MEURS !* brame Christopher en s'autoétranglant. *Le poison puissant triomphe de mon souffle. Le reste… c'est… silence !!!* » Sur quoi il pousse un râle, a quelques soubresauts tel un poisson sorti de l'eau, puis reste immobile, une main sur le visage.

« Oui, dit simplement M. Bott en se levant. Le reste est silence, en effet. Du moins, espérons-le. Merci tout le monde. »

De l'autre côté de la pièce, on entend un lent applaudissement, et je me redresse juste à temps pour voir Alexa, assise dans un recoin sombre, telle une sorte d'araignée géante et bien trop intelligente. Et pas une araignée mignonne comme dans *La Toile de Charlotte*[1].

« C'était fantastique », lâche-t-elle avec un sourire pendant que la plupart d'entre nous se lèvent lentement en se frottant les paupières. Je crois bien que Noah s'est réellement endormi. « J'ai déjà plein d'idées géniales pour rendre le spectacle encore meilleur. »

Honnêtement, je ne vois pas bien comment elle pourrait le rendre pire. Mais quelque chose me dit qu'elle va quand même essayer de toutes ses forces. Pour ce genre de choses, on peut compter sur elle.

« Rendez-vous le grand soir, ajoute-t-elle en s'inclinant. Surtout toi, Harriet Manners. »

Et tandis qu'elle sort en reculant, sans me quitter des yeux, je me dis que dans la vraie vie aussi, je ferais mieux d'être sur un bateau en partance pour la France.

1. Roman américain écrit par E.B. White et illustré par Garth Williams, publié en 1952. Il raconte l'amitié qui unit le cochon Wilbur à l'araignée Charlotte.

Quand Nick m'appelle une demi-heure plus tard, la conversation ne prend pas vraiment la tournure à laquelle il s'attendait.

« Pardonne-moi, Harriet, me dit-il à mi-voix. Je suis convoqué à Milan pour un shooting lundi, ce qui fait que je ne serai pas de retour à temps pour ta pièce. Je suis complètement navré. » Un long silence. « J'ai fait tout ce que j'ai pu pour essayer d'éviter ça, mais je suis sous contrat, je n'ai pas le choix, et… » Il se tait soudain. « Ça va ? vérifie-t-il ensuite. Tu n'as quand même pas écrabouillé ton téléphone sans faire de bruit ? À moins que tu ne l'aies avalé ? »

J'éclate de rire. J'ai rapidement soupesé les avantages et inconvénients de son absence : certes, il ne pourra pas me soutenir, mais il n'assistera pas non plus à mon humiliation.

J'entends encore Alexa. « *Surtout toi, Harriet Manners.* » Oui, c'est vite vu.

« Mais non ! En fait, je suis ravie. Extatique. Folle de joie et euphorique. Charmée et enchantée. Comme un chien qui aurait deux queues. À remuer, je veux dire. Hum. Tu veux que je reprenne depuis le début ?

– Oui, je veux bien ! s'esclaffe Nick. Je suppose que ton père va tout filmer ? »

Oui, on peut supposer sans se tromper que mon père

va tout filmer. Il a filmé le toilettage du chien la semaine dernière. Il n'est vraiment pas regardant sur ce qu'il fait, en ce moment. Les joies du chômage.

« J'en ai peur.

– Alors j'ai hâte de regarder ça à mon retour. On pourrait en faire une petite fête ! »

Je réfléchis un instant à la question. « Bien sûr ! » Un mensonge.

La NSA, aux États-Unis, a réussi à détruire des années d'archives téléphoniques et d'historiques de navigation sur Internet. Je devrais bien être capable de détruire une vidéo incriminante avant que Nick ne soit rentré d'Italie.

26

Les Hamletiens – comme Mlle Hammond nous appelle désormais – répètent pendant tout le restant de la semaine. Nous répétons pendant la pause déjeuner, pendant les récréations, après les cours et avant l'appel. J'entends Noah et Mia se réciter mutuellement leurs répliques dans les couloirs devant le labo de SVT, et Raya marmonner sur un ton résolument éploré à la cantine. Avec un soupçon de persuasion, nous venons même, un peu à reculons, le samedi après-midi, pour une rapide répétition en costumes.

Et, à ma grande surprise, nous nous améliorons tout doucement. Bon, enfin, personne ne va recevoir un coup de fil de la Royal Shakespeare Company dans un avenir proche, mais nous ne sommes plus si mauvais que ça.

Après tout, les limaces défèquent bien par la tête : chacun fait au mieux avec ce qu'il a, pas vrai ?

Quand arrive le soir de la première, le degré d'excitation générale est dangereusement élevé. Ben et Noah n'arrêtent pas de faire des checks devant la salle, Christopher fait les cent pas d'un air sombre en murmurant : « *Fragilité, ton nom est femme !* » à toutes les filles qui passent devant lui, et Max fait rebondir dans sa main un petit ballon de colorant alimentaire rouge. « Tu sais, me dit-il d'un ton allègre en le rattrapant, j'ai plutôt hâte de me faire poignarder, finalement. »

Même le moral de Nat est remonté en flèche. Elle est arrivée samedi avec un gros paquet de vêtements : une magnifique robe blanche flottante pour Raya, une robe longue bleue pour Kira, un assortiment de vestes militaires pour les garçons, et un grand manteau en velours pour moi.

« Où as-tu déniché tout ça ?! » s'est exclamée Mlle Hammond, incrédule, tandis que Nat brandissait sa propre combinaison intégrale noire et brillante.

Nat a haussé les épaules. « Friperies, machine à coudre, le grenier de maman. »

J'ai de nouveau regardé la robe que Raya faisait tourner, et qui était, à n'en pas douter, la robe de mariée de la mère de Nat. C'est sans doute une bonne chose que ma Pire

Pote soit morte pendant tout le spectacle, car de toute manière elle ne serait pas restée en vie très longtemps après...

Tandis que nous nous changeons dans le vestiaire, je prends un instant pour observer discrètement mon amie. Ses joues rosissent de minute en minute, ses yeux brillent de plus en plus, et ses lèvres sont de plus en plus rigides. Elle a réussi à convaincre Mlle Hammond qu'un « look tête de mort subtil » était « la meilleure approche stylistique », ce qui fait qu'elle porte en ce moment un fond de teint pâle et beaucoup de noir autour des yeux. Dans sa combinaison moulante, elle ressemble moins à l'os crânien d'un mort qu'à Sandy dans la scène finale de *Grease*.

Ce qui, je suppose, est l'effet désiré.

J'étudie son visage avec suspicion. La dernière fois que Nat a arboré une expression pareille, nous avions sept ans et elle venait de libérer le hamster de la classe parce que la maîtresse avait refusé qu'elle l'emmène chez elle pour le week-end. « Qu'est-ce que tu mijotes, Nat ? »

Elle secoue la tête. « Hmm ? » fait-elle en regardant un point quelque part derrière la mienne, de tête. « Hmm ? Quoi ? De quoi peux-tu bien parler ? »

Puis elle écarquille les yeux d'une manière pas naturelle du tout. Pas de doute : elle mijote quelque chose. C'est exactement la tête qu'elle faisait dix minutes après que

Bobby le hamster a été retrouvé dans le parking, caché derrière une roue de voiture, en train de se grignoter les pattes avec angoisse.

« Tu ne comptes pas… faire quoi que ce soit, hein ?

– Je ne vois pas du tout de quoi tu parles, s'indigne-t-elle, après quoi elle va s'ébouriffer un peu les cheveux devant le miroir. Enfin, Harriet, tu me prends pour qui ? »

Je suis en train de chercher une manière de répondre poliment à cette question lorsqu'un hurlement strident résonne dans le couloir.

« Non non non non non non ! crie quelqu'un. Non non non nonnonnonnon ! Ce n'est pas *possible* ! »

Nat et moi échangeons un regard, puis je sors du vestiaire en courant. En quelques secondes, tous les membres de la distribution forment un cercle muet et horrifié.

« Oh, c'est pas vrai ! » lâche M. Bott en plaquant une main sur sa bouche.

Raya est effondrée en tas par terre, sa robe blanche chiffonnée autour d'elle, son téléphone serré dans la main. Elle a les cheveux défaits, les yeux roses et enflés, les joues humides et luisantes. « Non, murmure-t-elle sans cesse à ses genoux. Non. Non. Non. »

Mlle Hammond apparaît dans un nuage de dentelles et de perles, et se baisse rapidement. « Raya. Chérie. Qu'est-ce qui t'arrive ? »

Raya relève la tête : ses longs cils de biche sont trempés et étincelants. « I-i-i-i-i… commence-t-elle. I-i-i-i…

– Respire à fond, lui conseille la prof en lui tapotant l'épaule avec un bruit de carillon (les bracelets ont fait un retour en force pour ce soir). Laisse ces émotions passer sur toi comme une marée purifiante. »

Raya acquiesce et ferme les yeux. « I-i-i-il m'a larguée ! » Puis elle rejette la tête en arrière et hurle comme un loup en direction du plafond.

« Quel soulagement ! souffle M. Bott avec une spontanéité remarquable. J'ai cru que c'était quelque chose de grave ! »

Mlle Hammond lui lance un regard furibond, mais Raya est déjà debout. Elle a le regard fou, et un peu de fond de teint coincé dans le sourcil. « Vous n'y comprenez rien, parce que vous êtes un homme ! lui hurle-t-elle. J'ai le cœur en miettes ! Je ne m'en remettrai jamais ! Jamais ! »

Le cercle des témoins inquiets commence lentement à s'élargir, de même que vous reculeriez peu à peu si vous découvriez un vélociraptor dans votre salle de bains. L'un des garçons semble même siffloter.

« Euh… » fait M. Bott en se raclant la gorge. Jamais je n'ai vu quelqu'un aussi mal à l'aise. « Ce n'est pas vrai, Raya. Tu n'as que quinze ans…

– Seize !

– Exactement. Et tu… humm… tu aimeras à nouveau.» Encore un raclement de gorge. « Certainement. Enfin, c'est sans garantie, mais probablement.»

Raya baisse brusquement la tête, s'accroupit et se remet à brailler contre ses genoux.

« Allons, allons, lui dit Mlle Hammond en se baissant pour se mettre à sa hauteur, tout en crucifiant M. Bott de ses yeux. Allons, Raya. Tu sais ce qui donne vraiment des regrets à un homme lorsqu'il a plaqué une femme ? La voir sur scène, sublime et parfaite.»

On entend un petit reniflement pendant que Raya digère l'information. « C'est vrai que je suis plutôt jolie, non ?

– Mais tout à fait ! » s'écrie Mlle Hammond un peu trop fort.

Les humains versent en moyenne 67,8 litres de larmes au cours d'une vie, et à voir la tête de Raya, on dirait bien qu'elle a essayé de se débarrasser de tout son stock en une seule fois. « Sois forte, et va lui montrer ce qu'il rate. Joue ton rôle ! »

Raya incline la tête sur le côté, puis s'essuie le nez sur la manche de la robe de mariée de la mère de Nat.

« D'accord, dit-elle à mi-voix en se levant sur ses jambes tremblantes, comme un enfant qui fait ses premiers pas. Vous croyez que ça le convaincra de revenir ?

– Bien sûr », lâche Mlle Hammond après quelques secondes d'hésitation.

Pour être honnête, Ophélie n'est pas précisément la plus séduisante des héroïnes shakespeariennes : les folles qui se noient en chantant des chansons sur les fleurs n'ont pas un succès fou avec les garçons.

« Très bien, j'y vais », affirme Raya en relevant légèrement la tête. Tout le monde se rapproche prudemment d'un pas.

« Bon ! lance M. Bott sans transition. Catastrophe évitée. Il nous reste vingt minutes avant que les gens arrivent, alors ne perdons pas de temps, vous voulez bien ? »

Et le compte à rebours commence.

27

La dernière fois que je me suis trou-
vée sur une scène, c'était à Moscou. Dans un vieux théâtre luxueux plein de dorures, avec un énorme lustre en cristal au plafond. Un podium traversait une salle circulaire, une pléthore de belles filles russes, minces, magnifiques, couraient partout en coulisse, et mon père m'a mis la honte depuis sa place tout au fond.

Au moins, il y a des choses qui ne changent pas.

Lorsque je passe la tête par le rideau vert poussiéreux donnant sur la scène en bois éraflé du lycée pour regarder le public qui commence à s'installer sur les chaises en plastique, je vois tout de suite papa : discret comme un phare dans la nuit.

Moins de 2 % des gens dans le monde sont roux, et dans les situations de ce genre, cela peut s'avérer bien pratique.

« Coucou, Harriet ! » crie papa en se levant, tout en tapant sur l'épaule d'Annabel. Ma belle-mère porte son tailleur bleu marine et semble avoir une boîte de pizza en équilibre sur le ventre. « Elle est là, Annabel ! braille-t-il en me faisant de grands signes. Tu la vois ? Elle passe la tête par le rideau ! »

Nom d'une sucette à l'omelette ! J'oublie parfois que moi aussi, j'ai des cheveux qui se voient dans le noir.

Je me cache pour regarder Annabel soupirer, faire rasseoir papa de force et lui dire de bien se tenir. Puis ils se penchent en avant pour bavarder avec une très jolie femme brune qui ressemble trait pour trait à Nat, en très légèrement modifiée par vingt années et quelques opérations de chirurgie esthétique.

« Oooh, ta mère aussi est là ! » dis-je tout bas à mon amie.

Puis je m'interromps tout net. Nat, livide, est en train de respirer dans un sac en papier. Finalement, elle n'avait pas besoin de maquillage : elle ressemble déjà à une tête de mort.

« Stop ! me souffle-t-elle, haletante. Harriet, je ne peux pas… Je ne… j'ai besoin de me concentrer. »

Je lui offre un hochement de tête plus ou moins compréhensif. Si je n'avais pas un rôle de figurante, je serais sans doute dans le même état. J'entoure ses épaules de mon bras.

« Tu vas être fantastique, lui dis-je au moment où Raya passe par là en pleurant dans le creux de son coude.

– Peut-être, couine Nat. Quoi qu'il arrive, tu seras tout près de moi, pas vrai ? »

Comment ça, « quoi qu'il arrive » ?

Je le savais ! S'il y a un hamster dans les parages, il a intérêt à faire attention à lui. « Bien sûr. Je suis derrière toi, à cent pour cent.

– Et moi, derrière toi, Harriet », intervient alors Alexa, qui se pointe en pantalon et gilet noirs. « À cent cinquante pour cent. Alors ne t'en fais pas non plus. » Après un clin d'œil rusé, elle disparaît dans un coin sombre.

Soudain, la tête me tourne. « Ce n'est pas possible, dis-je tout bas. Ça ne va que jusqu'à cent pour cent. C'est le sens même de l'expression. » Puis je tente d'avaler ma salive.

Dix années de souvenirs d'Alexa me reviennent en mémoire d'un seul coup. Une décennie d'humiliation : de doigts pointés, de rires méchants, de destruction. Et maintenant, elle détient le pouvoir de m'infliger la même chose sans être vue. Devant tout le lycée.

Et les professeurs.

Et mes parents.

J'entrouvre de nouveau le rideau pour regarder le public. Tous les sièges sont occupés, et les gens commencent à se taire.

Les lumières se sont tamisées, et un grand calme descend sur la salle.

Sauf dans le coin de mon père. Il est en train de prendre une grosse bouchée de pizza tout en demandant très fort : « Ça finit comment, *Roméo et Juliette* ? »

J'arrache le sac en papier des mains de Nat.

« Ça va ? » me demande-t-elle à voix basse pendant que Mlle Hammond aligne tout le monde contre le mur, derrière la scène, et pose un doigt sur ses lèvres.

Il me faut mentir. « Impec.

– Bien ! lance Mlle Hammond en faisant tinter une quantité record de bracelets (elle doit avoir les bras sacrément musclés). Place à la magie ! »

28

Il se trouve que je sais beaucoup de choses sur la magie.

Je sais que le mot « magique » dérive du mot persan *magus*, qui signifie « appartenant à la caste des prêtres ». Je sais que le tour de la balle de pistolet attrapée au vol a tué 12 magiciens et que le spectacle de magie le plus coûteux au monde a été produit pour 20,8 millions de livres. Je sais que j'ai essayé toute une série de sorts tirés d'*Harry Potter* pour ouvrir des portes, créer de la lumière ou réparer des objets que j'avais cassés, et que pas un seul n'a jamais marché.

Mais je commence à croire que je ne sais peut-être pas tout. Car au moment où le rideau se lève lentement et où le fantôme d'Hamlet père entre en scène d'un pas solennel, il y a en effet une sorte d'enchantement dans l'air.

Tout est parfait.

Un éclairage bleu fantomatique est braqué sur lui. Au loin hulule un hibou ; les feuilles des arbres fabriqués par les classes de troisième en arts plastiques bruissent grâce à un équipement stéréo dans le coin. Le public se tait.

Chacun et chaque chose sont exactement à leur place.

« *Vive le roi !* crie Hannah. *Le voici qui revient, avec la même forme, semblable au roi qui est mort. Tu es un savant : parle-lui, Horatio.* »

Et ainsi, une réplique après l'autre, la pièce commence à se dérouler sans un accroc. Le fantôme joué par Noah est effrayant et autoritaire ; Ben, en roi Claudius, est repoussant et malsain ; Kira en reine Gertrude a quelque chose de terrifiant qui donne une tout autre dimension à la pièce.

Hannah parvient à cumuler ses quatre rôles sans effort apparent, et la prestation tremblotante et larmoyante de Raya est si convaincante qu'à un moment, quelqu'un dans le public se met à renifler dans un mouchoir en murmurant : « Pauvre Ophélie ! »

« *Monseigneur*, dit-elle avec ardeur à Polonius, *il m'a importunée de son amour… mais d'une manière honorable.* » Sa voix se brise. « C'est vrai, il était trop craquant. » Pendant ce temps, Hamlet arpente la scène à grandes enjambées, revêtu d'une cape noire, en agitant beaucoup les bras.

« Aïe, purée ! souffle le fantôme de son père quand il se prend une gifle accidentelle. Du calme, mon pote, ou je t'en colle une. »

Enfin, je sens une main douce sur mon bras et je sais que mon tour est venu. « Bonne chance ! » me chuchote Nat en me pressant l'épaule. Je serre mes mains moites et j'entre en scène.

Je bats des paupières sous les projecteurs. Quelque part au loin, j'aperçois papa debout. Le voyant de son Caméscope clignote. J'essaie de ne pas y prêter attention et j'inspire profondément. « *Dieu vous garde, monseigneur* », dis-je le plus clairement possible.

Une personne qui souffre de trouble de l'anxiété généralisée est une personne obsédée par la possibilité d'une catastrophe imminente, et je pense que ce terme me décrit bien en ce moment : j'ai l'impression que tous les muscles de mon corps sont en caoutchouc galvanisé.

Silence.

« *Qu'êtes-vous venu faire à Elseneur ?* » s'enquiert Christopher en me tapotant l'épaule d'un geste raide. Je déglutis et jette un coup d'œil vers la gauche, où je devine vaguement la silhouette sombre d'Alexa assise à côté de la console de son. Elle paraît absorbée dans un magazine posé devant elle et ne semble pas du tout se préoccuper de nous.

« *Vous voir, monseigneur ; pas d'autre motif.*

– Le roi et la reine vous ont envoyé chercher, je le sais. »

Ma nuque commence à se décrisper, puis mes épaules, le haut de mes bras. « *Dans quel but, monseigneur ?*

– C'est ce qu'il faut m'apprendre. Si vous m'aimez, ne me cachez rien. »

Tout, dans mon corps, se détend lentement. « *Monseigneur, on m'a envoyé chercher.*

– Je vais vous dire pourquoi », lâche Hamlet d'un air boudeur, après quoi il jette les bras en l'air et se lance dans une sorte de long monologue incongru sur le dais du ciel et un toit majestueux constellé de flammes d'or. Je le regarde, un peu éberluée, piétiner la scène, et je contemple la salle avec stupéfaction.

Aurais-je réussi ?

Aurais-je vraiment réussi à aller jusqu'au bout d'une scène sans rien gâcher, sans rien casser, sans faire tomber personne ni anéantir tout le spectacle au passage ?

Et, plus important, Alexa vient-elle de me laisser faire ?

Le corps humain compte environ 700 muscles, et tous les miens fondent subitement jusqu'à ce qu'ils soient intégralement tièdes et mous.

J'ai réussi ! J'ai réussi !

Radieuse, je me retourne vers Nat, qui se tient dans l'ombre derrière le rideau, et je lève discrètement le pouce.

Puis je me prépare mentalement pour ma dernière réplique.

« *Quel chef-d'œuvre que l'homme!* poursuit Christopher en chargeant vers le côté droit de la scène. *Qu'il est noble dans sa raison! Qu'il est infini dans ses facultés! Dans sa forme et dans ses mouvements, comme il est expressif et admirable!* » Il repart vers la gauche. « *Par l'action, semblable à un ange! Par la pensée, semblable à un dieu! C'est la merveille du monde, l'animal idéal!* »

Soudain, un chien aboie. Christopher s'interrompt, dérouté. « Je parle de l'homme, pas du chien! » Il se tourne alors vers moi. Je suis encore en train de regarder le public, en me demandant vaguement qui a amené son chien. « C'est à toi », me souffle agressivement Christopher avant de se retourner vers la salle et de répéter : « *L'animal idéal!*

– Oh! fais-je, me ressaisissant soudain. Euhhh, *monseigneur, il n'y a rien de…* »

Un lion rugit.

« Il n'y a rien de… » Un chat miaule. « Rien de… »

Les lumières clignotent. Le public commence à pouffer. Ma tête vient de se vider intégralement, telle une tirelire retournée. Reprends à la dernière réplique dont tu te souviennes, Harriet. « C'est ce que je me disais, monseigneur… » *Cui cui. Crôa crôa. Cocorico.* « … je me disais… » *Groin groin.* Les lumières clignotent encore. *Groin.*

Les élèves spectateurs se gondolent ouvertement, et un rapide regard en coulisse me confirme ce que je craignais : le visage d'Alexa est l'innocence même.

Ce qui signifie que c'est totalement sa faute.

Les élèves commencent à applaudir, les parents à murmurer entre eux, et Mlle Hammond court accroupie tel un hobbit devant la scène pour passer de l'autre côté le plus vite possible.

Le visage de Christopher vire au pourpre. « Si vous… si vous, euh… » dis-je en bredouillant. Alors, j'entends la suite. Le volume du son a légèrement augmenté. « Harriet Manners pue ! » claironne dans le haut-parleur une voix que je connais bien tandis qu'une lumière blanche éblouissante s'abat sur ma tête.

J'ai l'impression que tous mes vaisseaux sanguins se vident dans mes pieds. D'où ça vient, ça ? Oh, mon Dieu, je sais : le fromage ! Il n'a pas seulement été caché dans mon sac pour me gâcher la matinée : Alexa enregistrait la classe sur son téléphone.

« Je… je… »

Il existe un hippocampe nain, si discret qu'on ne peut pas le distinguer des coraux dans lesquels il vit. À ce moment précis, je donnerais tout pour maîtriser ce genre de camouflage. Ou juste pour rétrécir jusqu'à être invisible à l'œil nu. Tous les regards sont désormais braqués sur moi.

« Euh… » Soudain éclate une musique disco, et des lumières rouges, vertes et bleues surgissent de partout.

Et, enfin, Hamlet n'en peut plus. « Je ne tolérerai pas ça ! hurle Christopher en jetant sa couronne par terre. C'est MA PIÈCE. Je suis le PRINCE DU DANEMARK, BORDEL ! » Et avant que j'aie pu l'arrêter, il remonte sa cape sur son épaule d'un geste auguste, saute de la scène et sort.

Me laissant sur scène, seule et clignotante tel un arc-en-ciel fétide.

29

Il y a un long silence. Le genre de silence qu'on pourrait boire, si on avait envie de boire du silence.

Puis deux cents yeux reviennent se fixer sur moi. Je sens la chaleur de mes joues progresser régulièrement pour envahir mes oreilles, ma gorge, mon cou, mes yeux.

« Euh… Bon. Bien », dis-je lentement, de plus en plus brûlante.

C'est pire que tout ce à quoi j'aurais pu m'attendre. Cette fois, Alexa n'a pas fait que me détruire. Elle a détruit tout le monde, et la pièce entière par la même occasion.

Quand je jette un regard de côté, elle a déjà disparu. Je crois que la réaction extrême de cette diva de Christopher a été une surprise, même pour elle.

« Euh… » dis-je encore, dans le silence qui s'éternise. Vite, Harriet, ne la laisse pas gagner. « Morbleu, comme Hamlet est bien stressoyé ces jours-ci ! » Je rougis encore un peu plus. *Stressoyé*? « Par ma barbe, il est fou de rage. Donc, euh… »

Un petit malin, dans le public, fait des bruits de cochon. « Je ne comprends pas, marmonne un parent assez fort pour être entendu. C'est une version postmoderne, ou quoi ?

– Donc, fais-je d'une voix tremblante. Euh, si nous… hmm… si nous faisions une petite pause pendant qu'Hamlet reprend ses esprits ? Et ensuite… »

Je me tais. Comment allons-nous pouvoir continuer *Hamlet* sans Hamlet ? C'est comme aller au McDo et commander une salade.

« Woo-hooou ! s'écrie alors mon père dans le fond. Cette pièce est absolument excellente, et j'apprécie énormément le jeu d'actrice de cette jolie rousse ! »

Il n'aggrave pas du tout la situation, pensez-vous ! « Si vous alliez prendre un thé pendant qu'Hamlet se calme ? je propose en rougissant de plus belle. Ou un café. » Ça y est, c'est officiel : j'ai perdu la boule. L'hydre s'est totalement désintégrée. « Avec peut-être des biscuits au chocolat… ou bien…

– Bon ! intervient alors gentiment M. Bott en sortant

de derrière le rideau, visiblement désireux de mettre fin à mon pétage de plombs. Merci, Harriet. Mesdames et messieurs, nous allons devoir interrompre la représentation, je le crains. Vous serez heureux, j'en suis certain, d'apprendre que l'Éducation nationale envisage de supprimer Shakespeare du programme dans un futur proche.

– Je me demande si ce lycée est vraiment bon, grommelle quelqu'un au premier rang. La version de Kenneth Branagh n'était pas du tout comme ça, dans mon souvenir. »

Soudain, au milieu des murmures confus, une voix s'élève sur le côté. Une voix que je connais bien. Voire trop bien.

« *Être ou ne pas être, telle est la question !* » tonne cette voix. Et un garçon maigrichon en tee-shirt rouge avec l'inscription CE TEE SHIRT EST BLEU SI JE COURS ASSEZ VITE monte soudain sur la scène. « *Y a-t-il plus de noblesse d'âme à subir la fronde et les flèches de la fortune outrageante, ou bien à s'armer contre une mer de douleurs et à l'arrêter par une révolte ?*

– Toby ?

– *Or not Toby*, réplique-t-il, très content de lui. Encore une excellente question, Harriet. Ha ha ha. »

Puis il fait face au public et poursuit le monologue sans difficulté. Sa voix n'a aucune intonation – il récite comme un robot –, mais il ne fait pas une erreur.

Le public se tait à nouveau, et quelques personnes se rassoient. Je regarde M. Bott. Nous ne sommes pas au bon moment de la pièce – Toby a sauté directement à l'acte suivant –, mais ce n'est pas bien grave dans la version free jazz de Mlle Hammond. M. Bott soupire, a un geste qui semble signifier : « Bah, allez-y », et se retire derrière le rideau.

« Oh, Hamlet, dis-je, raide comme une bûche. Comme, euh, comme c'est gentil d'être revenu après avoir changé de, hum, de visage et de costume.

– Je suis le Dr Who des héros shakespeariens, Rosencrantz-tiret-Guildenstern, qui, pour info, ne sens pas mauvais du tout. *Car qui voudrait supporter les flagellations et les dédains du monde…* »

Toujours éberluée, je me repasse la pièce en accéléré dans la tête. Je ne suis pas dans cette scène-là : ce sont Hamlet et Ophélie. Je cours en coulisse attraper par le bras une Raya hagarde.

« Qu'est-ce qui se passe ? gémit-elle en reniflant dans son mouchoir.

– Acte III, scène 1. *Mon bon seigneur*, etc.

– Ah », fait-elle, encore perplexe. Mais elle redresse les épaules et pointe le menton. « *Mon bon seigneur*, dit-elle à Toby avec une hébétude absolument convaincante, *comment s'est porté votre honneur tous ces jours passés ?* »

Et la pièce repart comme sur des roulettes, sauf que cette fois Hamlet ne frappe personne, n'embrasse personne, ne pique pas de crise de nerfs et ne saute pas de la scène. Si une personne au monde était susceptible de connaître par cœur une pièce de Shakespeare sans même y avoir de rôle, c'était forcément Toby. Et Kenneth Branagh, bien sûr.

Derrière le rideau, dans l'ombre, je regarde l'endroit où se trouvait Alexa il y a encore quelques minutes. Mlle Hammond est maintenant à sa place, les bras croisés.

« Les heures de colle que je lui prépare ! souffle-t-elle avec une expression que je ne lui ai jamais vue. Je suis tout à fait furieuse. » Et pendant qu'elle s'en va dans un tintement de colliers, je m'immobilise soudain.

Alexa est là, dans le noir, muette, les mains serrées sur les cordons du rideau. Elle ne m'a pas vue, mais visiblement elle n'en a pas terminé, et à vrai dire, la connaissant depuis dix ans, je n'en reviens pas d'avoir cru un moment le contraire.

Être ou ne pas être, telle est la question. Y a-t-il plus de noblesse d'âme à subir la fronde et les flèches de la fortune outrageante, ou bien à s'armer contre une mer de douleurs et à l'arrêter par une révolte ?

Il existe un mot pour désigner l'incapacité à prendre des décisions : cela s'appelle l'*aboulie*. C'est le vrai sujet d'*Hamlet*, non ? Choisir de tenir tête à ses ennemis ou non. Choisir de contre-attaquer ou de baisser le front et subir. Et la leçon ultime est la suivante : plus longtemps on attend pour faire un choix, quel qu'il soit, plus importants sont les dégâts.

Et plus de gens en souffrent.

Donc, dans cette fraction de seconde, je prends la mienne, de décision.

« Salut », dis-je calmement à Alexa alors qu'elle tire sur le cordon et que le rideau, juste au-dessus de Toby, commence lentement à descendre.

Elle m'adresse un petit sourire plein d'autosatisfaction. « Salut, la geek. Trop marrante, cette pièce, non ? » L'air réjoui, elle continue de tirer sur le cordon. « Je t'avais dit que je serais toujours derrière toi. »

Je me penche pour ouvrir une porte, légèrement à sa gauche. « Oui, tu l'as dit. Mais tu sais ce que ça implique logiquement, Alexa ?

– Quoi ? »

Je pose doucement une main sur son épaule. « Ça veut dire que moi, je serai toujours devant toi. »

Elle regarde ma main avec stupéfaction. « Pardon, mais tu es en train de me toucher, là ? Avec tes doigts ? Non mais tu te crois où ?

– Je m'arme contre une mer de douleurs, dis-je avec

tranquillité en la poussant fermement sur quelques mètres. Et je l’arrête par une révolte.»

Alors, sous le regard écarquillé d’Alexa et dans le torrent d’exclamations tranchantes qui jaillit d’entre ses lèvres, je lui claque fermement la porte au nez.

Et l’enferme à clé dans le placard.

30

Le reste de la pièce se déroule de la manière suivante :

- Toby tue Polonius, agresse la reine, s'énerve contre son roi, largue Ophélie et combat Laërte.
- Toby donne l'ordre de me faire tuer.
- Puis il s'excuse profusément dans un monologue bruyant et improvisé visant à démontrer à quel point je suis formidable.
- Ophélie pleure toutes les larmes de son corps jusqu'à tomber dans une stupeur somnolente, puis se noie sur un grand drap bleu qu'Hannah tire en ronchonnant à travers la scène.
- Le fantôme se fait prendre à embrasser Horatio derrière le rideau.

Il y a aussi un moment assez amusant, quand une voix

aigre s'élève du public : « Dis donc, Natalie Grey, je rêve ou c'est ma robe de mariée ? » Suivie d'un soupir et d'un : « Bah, elle ne m'a pas porté chance, va. » (Le père de Nat est parti avec la caissière du supermarché.)

Au moment où ma Pire Pote fait gonfler ses cheveux et s'allonge par terre, le visage bizarrement tourné vers le public, il me semble que tout le monde commence à vraiment bien s'amuser. Cela se voit au fait que les spectateurs encouragent maintenant leur personnage préféré, comme s'ils étaient à un match de foot.

« Allez, Hamlet ! s'écrie quelqu'un.

– Horatio, je t'aime !

– Où est passé le fantôme ? Il est trop sexy ! »

Toby demeure imperturbable, malgré toute l'attention qu'il reçoit. Il faut croire qu'être socialement inadapté ne présente pas que des inconvénients, en fin de compte.

Il met un genou au sol et palpe le visage de Nat. « *Hélas ! pauvre Yorick ! Je l'ai connu, Horatio.* »

Mais soudain, Nat se redresse d'un coup. Je mets mes mains devant mes yeux. Nom d'une sucette aux cacahuètes, je ne veux pas voir ça. « *Oui*, lance-t-elle. *Mais je suis mort depuis longtemps, dans la terre froide, si froide, et jamais je ne reverrai la chaude lumière du soleil. J'ai si froid. Tellement, tellement froid. C'est si triste. Souviens-toi de moi. Souuuuviens-toi de moiiiii…* » Et je regarde entre mes doigts juste à temps pour la voir faire un petit salut et se rallonger calmement dans sa tombe.

« Yesssss ! braille papa. Vas-y, Yorick ! T'es géniale !!! »

Je me détends, soulagée. D'accord : ça ne se passe pas du tout aussi mal que je l'aurais cru. Je pense que le hamster est sauvé.

Derrière le rideau, Hannah, Noah et moi-même échangeons un hochement de menton avant de traîner de nouveau Raya sur scène, cependant qu'Hamlet et Laërte se disputent pour savoir lequel des deux est le plus bouleversé par sa mort. Nous la déposons au milieu de la scène et demeurons respectueusement à l'écart pendant qu'elle se fait enterrer. Ou, du moins, qu'elle est censée se faire enterrer.

« *J'aimais Ophélie !* récite Toby en se baissant pour lui toucher la main. *Quarante mille frères n'auraient pu...* »

Les yeux de Raya s'ouvrent brusquement.

« Non, tu ne m'aimais pas. »

Il y a comme un flottement. « Pardon ?

– Tu ne m'aimais pas du tout ! » Elle s'assoit, les cheveux dressés sur la tête, les paupières roses et gonflées comme de gros morceaux de jambon. « Tu me disais que tu m'aimais, mais ce n'était pas vrai. C'était n'importe quoi.

– Mais si, je t'aimais ! répond Toby, consterné. C'est écrit dans la pièce !

– Non, tranche Ophélie, dont la voix prend du volume. Tu aimes simplement le dire. Ça ne signifie rien pour toi. Tu n'arrêtes pas de déblatérer sur tes sentiments parce que ça te donne l'impression d'être héroïque, mais ce n'est pas de l'amour, ça. Aimer quelqu'un, déjà, ce n'est pas tuer son père.

– Toutes mes excuses pour ça, reconnaît Toby. Une grosse erreur de jugement.

– Et l'amour, ce n'est pas larguer quelqu'un et ensuite essayer de l'envoyer au couvent pour l'empêcher de rencontrer qui que ce soit d'autre.

– En effet. C'est tout à fait juste.

– Et l'amour, ce n'est pas draguer cette idiote du cours d'arts plastiques, dont je t'ai demandé je ne sais combien de fois si elle te plaisait, et tu me répondais que non, et visiblement tu me mentais parce que j'ai vu le SMS sur ton téléphone !

– Euh… » Toby en reste bouche bée. « Eh bien… en effet. »

Un muscle fait tressaillir le coin de la bouche de Raya, et ses yeux étincellent. « Alors arrête de ne penser qu'à toi tout le temps, lance-t-elle avec hargne, et montre-moi un peu de respect ! »

Sur ces mots, elle se rallonge, les mains croisées sur sa poitrine, comme un vampire, et ferme les yeux.

Il y a un silence. Puis quelqu'un crie dans le public : « Fais quelque chose, Hammy !

– Ouais, arrête de déconner, Hamlet !

– *Girl power*, Ophélie ! » braille quelqu'un d'autre derrière le rideau, et cette voix ressemble curieusement à celle de Mlle Hammond.

Toby fronce les sourcils et regarde autour de lui. Nous l'observons tous avec ardeur. « Tu viens de dire beaucoup de choses parfaitement sensées, Ophélie, conclut-il après un silence pensif. Donc, puisque à l'évidence tu es bien vivante, si on se mariait et qu'on oubliait ces histoires de vengeance ? »

Ophélie se redresse aussitôt et chasse les larmes de ses yeux.

« Ouais, allons-y.

– Ça veut dire que je ne meurs pas ? vérifie Laërte.

– Ni moi ? enchaîne Claudius.

– Et que je n'ai pas à m'allonger par terre ? demande Gertrude. Parce que, franchement, le sol est immonde.

– Personne ne meurt ! jubile Toby. Tout va s'arranger !

– À part moi, fait remarquer tristement le fantôme du père d'Hamlet. Je suis encore mort, non ?

– Et moi aussi, ajoute Polonius. Forcément. »

Les spectateurs sourient.

C'est vrai, quoi, c'est comme ça qu'*Hamlet* aurait dû

se terminer. Après tout, ça marche très bien dans *Beaucoup de bruit pour rien*, non ? Et *Roméo et Juliette* aurait été un spectacle nettement moins déprimant si Juliette s'était relevée sur son lit de mort ne serait-ce que dix minutes plus tôt pour traiter Roméo de crétin.

« Bon ! lance gaiement Toby en tendant devant lui une bague-bonbon en gélatine jaune. Heureusement que j'en garde toujours dans mes poches ! »

Alors, Ophélie se relève, lisse sa jupe, le prêtre de l'enterrement se livre à une cérémonie de mariage hâtive et totalement improvisée, et le public en délire se lève pour applaudir.

Un *happy end*, finalement, c'est peut-être ce que tout le monde attendait.

31

Le temps que nous en soyons à notre septième salut et que plusieurs parents aillent féliciter M. Bott pour « cette interprétation inspirée qui pose en réalité la question du genre, n'est-ce pas ? », je suis tellement galvanisée par le succès que j'en oublie presque ce qui me reste encore à faire.

Presque, mais pas tout à fait.

Lorsque le rideau se referme définitivement, je m'accroche à la main de Nat un tout petit peu plus longuement que nécessaire. Elle est radieuse, et elle observe les membres de la distribution d'un œil distrait, critique. « J'aurais dû donner à Mia le bonnet plat, se murmure-t-elle à elle-même. Et les chaussures de Raya auraient été mieux avec des semelles plus souples. Peut-être des ballerines, ou des babies à tout petit talon, ou…

– Nat », dis-je en lui pressant la main. C'est tellement clair, à présent, que je n'en reviens pas de ne pas l'avoir vu avant. Sauf que, comme pour le stilton, nous ne remarquons peut-être pas ce qui est juste sous notre nez. « Nat, tu devrais travailler dans la mode. Mais comme styliste, ou créatrice, ou je ne sais quoi. Tu es faite pour ça. »

Elle se rembrunit. « Mais les places sont chères, Harriet, me répond-elle, dubitative. Et je ne suis pas sûre de…

– Ça n'a pas d'importance. Tu adores ça et tu as un talent fou. Tu y penseras, au moins ? »

Elle acquiesce, l'air un peu perdu, et je saute de la scène. Toby est en train d'expliquer calmement l'inscription de son tee-shirt à un groupe de parents rassemblés autour de lui. « Il est rouge en ce moment, dit-il en tirant sur sa manche, mais si je partais en courant très très vite, les ondes lumineuses seraient compressées et deviendraient bleues. C'est ce qu'on appelle l'effet Doppler. » Il décrit quelques cercles en courant pour illustrer son propos. « Malheureusement, ajoute-t-il, il faudrait que je coure à environ 547 millions de kilomètres-heure, et étant donné mes notes actuelles en EPS, il y a peu de chances pour que ça se produise. »

Je lui tape sur l'épaule, me racle la gorge. « Euh, Toby, je crois bien que tu as sauvé le spectacle.

– Sans doute, confirme-t-il tout en se fourrant le doigt

dans l'oreille, fouillant quelques secondes, puis l'essuyant sur son pantalon. Heureusement que je n'ai pas dû reprendre le rôle d'Ophélie.»

J'éclate de rire. Voilà qui aurait donné une interprétation très postmoderne d'*Hamlet*. Mlle Hammond aurait été ravie.

«Bon, enfin. Merci.» Et, avant même de savoir ce que je fais, je passe les bras autour de son torse maigrichon et lui donne une accolade hésitante.

«Est-ce que ça veut dire qu'on sort ensemble désormais ?» s'enquiert-il.

Je souris et repars vers les coulisses. Le cœur est situé juste à gauche du plexus solaire, et on peut dire ce qu'on veut de Toby, mais le sien est au bon endroit.

«Non ! je lui lance par-dessus mon épaule. Mais la prochaine fois que tu viendras chez moi, tu pourrais peut-être sonner au lieu de te cacher dans les buissons.»

Enfin, j'atteins le coin le plus sombre des coulisses et je m'arrête.

Je respire à fond une fois.

Puis une seconde fois, parce que je crois bien que je vais en avoir besoin.

Puis, telle Lucy sur le point d'affronter la Sorcière blanche de Narnia, je fais un pas prudent en avant.

Et j'ouvre le placard.

32

Les requins tuent à peine 4 personnes par an. Statistiquement, ils sont moins dangereux que la foudre, les vaches, les noix de coco et les aliments riches en graisses saturées.

N'empêche que je n'irais quand même pas nager parmi eux. Disons juste ceci : certaines fins font plus peur que d'autres.

« Toi ! crache froidement Alexa, les yeux plissés. Toi. »

J'acquiesce. « Moi. »

À ce moment-là, Mlle Hammond s'approche de nous. Ses colliers tintent si fort qu'on dirait un traîneau tiré par un attelage de rennes hyperactifs.

« Alexa, lance-t-elle, je veux te voir dans mon bureau tout de suite. » Elle n'a pas de bureau – puisqu'elle est prof de théâtre –, mais je ne vais pas la corriger maintenant.

Alexa lève les yeux au ciel, puis me regarde avec hargne. « Je te ferai payer le fait dc m'avoir enfermée dans un placard, grogne-t-elle entre ses dents. Crois-moi, Harriet. Tu viens de te rendre la vie cinq trillions de fois plus dure. Ce n'est pas fini.

– Le contraire m'aurait étonnée », dis-je en la regardant partir, escortée par Mlle Hammond.

À l'instant où les portes se referment, mon derrière se met à vibrer. Je suis tellement ailleurs que, l'espace d'un instant, je crois m'être transformée en bourdon. Puis je me rappelle que j'ai glissé mon téléphone dans ma poche revolver avant la dernière scène, en cas d'urgence.

Ou bien, vous savez… au cas où un Australien voudrait me joindre.

« Alors ?! fait une voix chaleureuse. Ça y est, c'est fait ? C'était bien ? Tu as tout défoncé ? » Un rire. « En fait, c'est possible que tu aies tout défoncé. Tu n'as pas détruit le décor entier, quand même, dis-moi ? »

Le cœur est peut-être rouge en temps normal, mais le mien bat soudain si vite qu'il est probablement bleu vif en ce moment. Je souris et reste derrière le rideau pour observer le joyeux chaos. La salle entière est éclairée et pleine de bruit. Raya, les joues roses, parle avec un beau garçon de terminale ; Max et Ben font de l'escrime avec deux balais ; Hanna joue à pierre-papier-ciseaux avec Rob. Kira se laisse embrasser à contrecœur par deux adultes larmoyants, et Christopher offre à tout le monde des anecdotes sur sa technique d'acteur dramatique. Mia et Noah sont assis côte à côte, et les bouts de leurs doigts se touchent. Même M. Bott a les bras décroisés, peut-être pour la première fois de l'histoire.

Tout le monde est si fier, si excité, si heureux.

« C'était génial ! dis-je, m'étonnant moi-même, tandis que papa veut filmer la boîte à pizza et qu'Annabel s'efforce de l'arrêter. C'était... marrant, en fait. »

Je ne promets pas de rejouer un jour dans une pièce – à moins de décrocher un rôle de patate silencieuse, ou peut-être de tranche de pastèque –, mais je crois que je me trompais : c'est vrai que le théâtre peut être thérapeutique, en fin de compte.

« Alors, je passe demain regarder avec toi la version longue et non censurée ? » me demande Nick.

Je repense aux aboiements, aux miaulements, aux cocoricos. Je pense aux lumières multicolores et à la musique disco, à ma supposée puanteur. À mon inexplicable offrande de biscuits à cent inconnus.

À mon humiliation totale en public.

Je souris. Si Nick a l'intention de passer du temps avec moi, autant qu'il sache à quoi il s'expose. « Bien sûr ! À demain ! »

Puis je raccroche mon téléphone et regarde Nat.

Elle est dans un coin de la pièce, en train de montrer fièrement à sa mère les boutons jaunes qu'elle a cousus sur la veste en velours de Rob. Elle a les joues rouges, les yeux brillants, et ses mains bougent à cent kilomètres-heure, ce qui arrive quand elle est vraiment très enthousiaste.

On dit qu'il existe un lien invisible entre nous et les gens que nous aimons. Pendant quelques secondes, je le sens, ce lien, tendu entre ma meilleure amie et moi-même. Nat doit le sentir aussi. Car, au milieu d'une phrase, elle s'interrompt, relève la tête et m'envoie un clin d'œil.

Je le lui retourne. Et soudain, je me fiche complètement de ce qu'Alexa me réserve. Je me fiche que ce soit affreux. Car il y aura toujours quelqu'un pour me tenir la main. Pour que je n'affronte rien toute seule.

HOLLY SMALE

Holly Smale est une auteure britannique, née en 1981. Elle vit actuellement à Londres. Diplômée en littérature anglaise et grande voyageuse – elle a tour à tour été enseignante au Japon, bénévole au Népal, et fait de nombreux petits boulots en Jamaïque, en Australie, en Indonésie et en Inde –, elle écrit aujourd'hui pour la presse (*Grazia*, *FHM*, *Itchy*, *The London Paper*…) et anime assidûment un blog.

Son expérience du mannequinat, à l'adolescence, lui a inspiré *Geek Girl*, son premier roman.

MIXTE
Papier issu de sources responsables
FSC® C022030

N° d'éditeur : 10213792
Achevé d'imprimer en juin 2015 par
CPI Firmin-Didot (128963)
(27650 Mesnil-sur-l'Estrée, Eure, France)